フラジャイル

FRAGILE

Miho Wright
ミホ・ライト

南雲堂

◉目次

FRAGILE

Miho Wright

シアトル
スノクォールミー
オリンピア
ワシントン州

プロローグ

蒼い——外が蒼く光っている。

降り積もった雪を雲の切れ間から姿を覗かせた月が蒼く照らしている。ぼうっとシルエットを浮かび上がらせた森が漆黒の闇を帯びて萎縮している。

何も聞こえない。世界は音までも凍てつくしている。

外は寒いに違いない。

しかし、氷の女王の冷たいその手、ここまでは届かない。


——寒い……寒いよ……。

ママ……わたし、凍えてしまうよ……。

ごめんなさい……わたし、頑張るから。もっと、もっと頑張るから。ママが笑顔になるように……。

——ママに愛されるように……。


パーン、パーンッ……。

静寂を破る音に、身体を凍らせる。

凍裂——夕方から急激に下がった気温で、森の木が縦割れを始めた音。樹幹の水分が凍って膨張し、樹皮は収縮し、幹が裂けている。または雪の重みで、もみの木の枝が折れているのかもしれない。何年も、何十年もそこに立ち続けている、まっすぐな、太く強いもみの木が、冷たい外気で、脆《もろ》くなっている。幹の真ん中に、亀裂を作っている。

傷ついている。

もみの木は、痛みを感じているのだろうか。

身体の中心を割く苦しみに、声にはならない、精一杯の叫びをあげているのだろうか……？


パーン、パーンッ……。

——なんて嫌な音だろう。

思い出す——蒼く光る雪の上に、泣いている少女が浮かび上がる。

漆黒の長い髪を一つに束ねあげた少女が、こちらに背中を向けてしゃがんでいる。ほつれた髪がかかる小さな肩を震わせて、折れそうなほどに細い腕は自分を抱きかかえるようにして泣いている——声にならない嗚咽をあげている。


——ごめんなさい、ママ……。

わたし、頑張るから。わたしを愛して。

——ママ……。寒い……心が凍ってしまいそう……。

ママ……寒いよ、ママ……。

わたしを抱きしめて……。


パーン、パーン、パーンッ……。

外は寒い——。世界の全てを凍らせている。

そこに身を潜める命が震えることさえも許さず、容赦なく世界を凍てつかせている。

——それが、わたしの使命……。

氷の女王が、冷たい息を吹きかける。凍えきった少女に、蒼白い氷の手が伸びる。

クシャリ……。

まるで凍りついた一輪の薔薇の花のように、

プロローグ

少女の身体は粉々になるに違いない。

火が点る。

少女の中に小さな炎が音を立てて、燃え上がったかのように、身体が明るくなる。

氷の女王は気がつかない。凍りついた心の中に炎があることを……。そしてそのうち、蒼く光る小さな炎は、音もなく、温度もなく、静かに点され、それはどんどん光を帯びて、目を開けていられないほどに明るくなる。少女に伸びた、氷の手が止まる。か弱い少女の最後の抵抗に、女王が怯《ひる》む。

それでも一度点された炎は、どんどん……どんどん明るくなり、少女を包み込み、大きな一つの光となって……。

ドーンッ……！


どこかで何かがぶつかる音と、車を走らせる音が聞こえた気がして、愛子は我に返った。蒼白い月に照らされ、ぼうっと明るい雪の積もった窓の外に、誰もいないことを確認すると、彼女は骨ばった細い手で、額に滲んだ汗を拭い、深く息を吐き出した。

「寒い……」

掠れた声が闇に吸い込まれた。心細くなり、愛子は両腕で自分の細い身体を包み込むように抱きしめる。

――怖い……。

本当はそう。寒いのではない。愛子は雪の降る夜が怖かった。蒼い月に照らされた雪が、その容赦のない冷たさが、愛子の記憶に囁きかける。

――わたしは知っている……と。

その声から逃げ出すように、愛子は乱暴に窓にかけられたカーテンを閉め、ふらつく足取りで部屋の中央のベッドに手をかけ、うずくまる。

コンコン……。

音がした。愛子の部屋のドアの外に人の気配がした。

第一章　衝撃―IMPACT

1

スノクォールミー警察署に勤務する、クリス・キートン警官は新年早々憂鬱な気分だった。二十四時間体制のシフトで、彼の出勤日が大晦日の夜から元旦にかけて当たったことは仕方のないことだが、大晦日といえば、酔っ払い運転の取り締まりで、警察官は毎年忙しい夜を強いられる。

彼の勤務するスノクォールミー市のあるワシントン州では、飲酒運転が許されている。血中のアルコール濃度が〇・八パーセントまで、酒量で言えば、ビールグラス一杯程度、この程度のアルコールであれば、飲んで運転をしてもいいということだ。

だからと言って、それをドライバー全てが守るものではない。どこにでも、法律を犯す人間はいるのだ。この程度ならば検問に引っかからなければ問題はないし、もし引っかかったとしても、いくらかの罰金で許されるなどと、法律を軽んじる人間はどの世界でも多少いる。

そして大晦日だ。ニューイヤーを迎えるのに、誰だって少しくらい飲みたいだろう。果たして運転するからビール一杯、ワイン一杯で止めておくことの出来る人間がどれほどいることか。まるで飲めない人間ならまだしも、アルコールを嗜むものであれば、これくらいの羽目は誰でも外すはずだ。

そして警官は、この夜は幸いとばかり、違反チケットを切るべく奔走する。

教育だ、ソーシャル・ケアだと叫ぶ市民団体のおかげで、警察機関への年間の予算は減る一方だ。

チケットを切って、罰金を徴収する。ある意味、これは警察の資金繰りでもある。この辺りはまだいいほうだが、大きい都市へ行くと、警察官に一週間に切るチケットの枚数のノルマを課しているところもあるらしい。

違反を取り締まることは悪いことではない。社会貢献にもなる。でも、何かがおかしい。そう感じながらも、公務員として与えられた義務を果たす。キートン警官もそうしたシステムに組み込まれた人間の一人だった。

例外に漏れず昨夜は忙しかった。州の中心シアトルのスペースニードルでの、ニューイヤーズのカウントダウンの催し物である花火のショーの後、午前一時を過ぎた辺りから、飲酒運転、スピード違反の取り締まりで、キートン警官は徹夜でパトロールをしていた。そして雪――前日昼頃から降り始めた雪は、夜まで激しく降り、ようやくやんだ午後十時頃には子供の膝の高さほどまで積もっていた。

田舎の小さなこの町で、夜間の常勤は一人と決まっている。これも予算削減のせいであるが、普段静かで平和なこの町の夜に、余程大きな事件でも起こらない限り、二人以上の警察官が必要なことは極めて稀である。

交通違反取り締まりの任務を終え、仮眠室で一眠りしてから、朝九時には家路に着く。熱いシャワーを浴びて、一眠りし、昼頃起きてフットボールの試合をテレビで観戦する。それが、キートン警官の、正月の予定であった。それで彼の不満は帳消しにされるはずだった。

ところが、彼の予定は大幅に狂わされることになった。

——娘が死んでいる。

その一本の電話は、疲労したキートンの身体に追い討ちをかけるようにそう告げた。午前七時。勤務時間が終わるまで、あと少しという頃その事件は始まった。

殺人事件？——この町の警察官として勤務して二十年、初めての経験だった。

新年早々、そんな物騒なニュースは聞くもんじゃない。不吉な一本の電話に、キートンの背筋が心なしか伸びた。しかし、彼はふて腐れたように、鼻から息を吐いた。緊張感よりも、自分の予定が狂わされたことで、キートン警官は憂鬱だったのである。

——その上、昨夜降り積もったこの雪道の運転だ。危ないったらありゃしない。

ロッキー山脈の足元であるこのカスケード山脈の麓、ここスノクォールミーで、雪が降ることは珍しいことではない。ただ、それほどの豪雪地帯でもないため、この辺りの除雪作業は実にのんびりとしている。

タイヤで踏み固められただけのフリーウェイのまだ暗い早朝の道を、キートンはガードレールのない路肩先の崖に滑り落ちないように、チェーンを装着したパトカーで運転を続けた。それだけでも彼にとっては充分にストレスであった。

午前八時。雪道のせいで、普段より、ずっと時間がかかってしまった。東の空が赤みを帯び始めている。今日は晴れるかもしれない。キートンはパトカーを敷地内に乗り入れたとき、出来るだけ自分が侵入したことで現場を荒らすことがないように、雪の積もったドライブウェイの一番隅に車を停めた。

そして足跡。この降り積もった雪だ。どこに証拠となるような足跡が残されているか分からない。それを間違っても踏み潰すことのないように彼は極めて慎重に、その証拠となるかもしれないものを見逃さないように、足元に細心の注意を払って歩いた。

「スノクォールミー警察署から来ました、キートンです。先ほど、通報をされたのはあなたですか？」

緊張した面持ちで通報者宅の玄関口に立ったキートンに、応対に現れた身なりの良い、四十代後半か五十代に入ったばかりと見られる男に対しても、事務的な態度が取れたと思ったのは、キートンの後日談である。

「そうです。スティーブ・ベイカーです。ご足労願いまして恐縮です」

相手もあくまでも事務的な対応だったが、男の顔は焦燥しているように見えた。

「それで、亡くなっているというのは……いえ、まずその現場へ案内していただきましょう」

スティーブ・ベイカーと名乗った男は、キートンの言葉に黙って頷き、彼の前に立って、たった今キートンがやってきたドライブウェイのほうへ、彼を促した。

玄関からパティオを抜けて、ガレージへ連れて行かれる途中、キートンは一組の足跡に気がついた。地面には五十センチほどの雪が積もっている。踏み固められた足跡の周りは凍っていない。付けられてからまだ殆ど時間が経っていないことがひと目で分かった。

「この足跡はあなたのものですか?」

キートンが尋ねた。

「そうです。パティオから外へ出て、ほら、その窓からガレージの中でサラが倒れているのを見つけたのです」

足跡の続いている先のほうを指差して、スティーブが答えた。

「サラ?」

「娘です。死んでいるのは娘のサラです。わたしは娘が中で倒れているの見て、慌てて家の中へ戻り、警察へ通報したのです」

確かにスティーブが説明したように、足跡はガレージのところで止まり、こちらに引き返した跡がある。キートンは胸のポケットから手帳を取り出し、メモを取った。そして、ふいに何か気がついたようにスティーブに目をやり尋ねた。

「実のお嬢さんが倒れているのを見て、あなたは中へ入って行こうとはされなかったのですか?」

「それは……もし娘が殺されたのであれば、現場は保存しておくものだと……そうではありませんか?」

同意を求めるかのように、スティーブがキートンの目を見つめる。尋ね返されたキートンのほうが、言葉に詰まりそうだ。

「そ、それはそのとおりです。あなたの判断は賢明だったと言えるでしょう」

キートンにとってもこれが初めて担当する殺人事件かもしれないのである。彼も頭の中で、マニュアルを反芻した。

しかし、ガレージの角を曲がったところで、キートンはもう一組の足跡に気がついた。こちらは先ほどのものよりもいくらか時間が経っているように見えた。足跡は、ガレージのずっと先にある小さな家からまっすぐに、取り付けられている窓まで来て、やはり同じように、元の来た道を引き返していた。

「この足跡は?」

キートンが足跡のあるほうを指差して、スティーブに尋ねた。

「はぁ……今まで気がつきませんでした。わたしはガレージのこちら側までは来ていませんでしたので」

「この窓の鍵は……」

キートンは、レイテックスの手袋を嵌め、足跡を損じないように窓に近づき、閉められた窓を確認する。

「鍵はかかっていませんね。これはあとで指紋の確認をしましょう」

スライド式の窓を開け閉めさせながら、キートンは呟くようにそう言った。

「ガレージを開けてもいいですか」

窓を眺めているキートンに、遠慮がちにスティーブが訊いた。

ガレージの扉の前には昨夜降った雪が、実に綺麗な平面を残して積もっていた。昨夜から開かれた形跡はない。

キートンが頷くと、スティーブは手に持っていたリモコンのボタンを押した。扉の下の部分が持ち上がり、前に積もった雪をかきあげ、するするとガレージの扉が上がっていく。開演——キートンにはそれが舞台の幕開きのように感じられた。握りしめられた手の中に、じわりと汗が滲み、緊張で自然に背筋が伸びる。

カタリ、と軽い音を立て、上がりきった扉の奥の闇に潜む僅かな威圧を感じながら、キートンは先を行くスティーブの後に続いた。

扉の向こうのすぐ目の前には、パールホワイトのレクサスLX、大型の高級四駆が堂々と納まっていた。最新モデルの車は、丹念に磨かれ、銀色のフェンダーが朝の光に照らされ、眩しいほどに輝いている。

——俺の一年分の給料より高い車だ。

キートンは、スティーブに気づかれない程度に鼻を鳴らした。

「こちらです」

スティーブに促されて、キートン警官はレクサスに視線を残しながら、ガレージの奥へと進んだ。

薄い紫色のナイトガウンを着た小さな美しい少女が眠っている。点けられた蛍光灯のスポットライトの下に横たわる少女の様子は、まるでおとぎ話に出てくるプリンセスのように静かで穏やかだった。

目の前の光景に、キートンは一瞬現実を見失いそうになる。

仰向けに横たわった少女の目は閉じられ、金髪の混じった薄い茶色のウェーブのほつれ髪が頬にかかったその顔はあどけなく、穏やかで、彼には、少女が眠っているとしか思えなかった。しかし、死後数時間経過した顔はチョークのように真っ白で、口角が少し上がった可愛らしい小さな唇は紫色を帯びており、ふくらみのない胸が上下運動を止めてしまっていることから、少女の死は一目瞭然だった。

キートンは、少しだけ身体に震えを感じながら、少女の亡骸に近づき、もう一度、頭の中でマニュアルを反芻した。

――監察医と応援を呼んだほうがいい。

キートンは肩に掛けた無線を手にして呼びかけた。

「こちら、キートン」

「スノクォールミー署。何かありましたか」

ピピッという機械音と共に、緊急通報の連絡を受ける女性の声が反ってきた。

「Jストリート、スティーブ・ベイカー邸で子供の変死だ。応援とキング署に連絡して、監察医の手配をしてくれ」

「了解」

キング署とは、スノクォールミー市やシアトルを含めたキング郡全体を管轄する警察署である。殺人課の刑事、検察官や監察医は、郡警察署に属している。

死体の周りには不審なものは見当たらない。レクサスの他に、芝刈り機がガレージの隅に置かれ、壁にはチェーンソーなどの工具が掛けられていた。狩猟用のライフルを保管したケースがあったが、こちらには固く鍵が掛けられ、開けられた形跡は見当たらなかった。

少女はナイトガウンを着ていたが、着衣に乱れはなく、一見したところ、特に外傷は確認できない。首を絞められたような跡もない。

——凍死？

キートンは一瞬そう思った。

昨夜はかなり冷えた。マイナス十度は軽く下っていただろう。屋内は暖められていても、このガレージ内は外の気温とほぼ同じである。これは事故死かもしれない。しかし……。

足跡⁉

キートンは思い直した。あの窓から伸びていた足跡はスティーブのものではないという。一体誰が、あの足跡の伸びる先の家に住んでいるのか。

「先ほどの足跡ですが、あの家には誰が住んでいるのですか？」

沈黙を破ったキートンの質問に、彼の後ろで硬直させた表情で娘の無残な姿を見下ろしていたスティーブが、蒼白した顔を上げた。

「ジョシュア——ジョシュア・ウィリアムです。彼は、上の息子の家庭教師で、この休暇中我々と共に、ここへ来ているのです」

震える声で、スティーブが答えた。寒さよりも、娘の亡骸を間近で見たのがかなりショックな様子だった。

「彼に話を伺いたいですね」

「彼は家にいると思います。この騒動のこともまだ話していませんから知らないはずです。あの……サラは……娘はやはり殺されたのでしょうか？」

スティーブの声は掠れて、目にはうっすらと涙が浮かんでいた。

「まだ分かりません。もうすぐ監察医と応援の警官が到着することでしょう。お嬢さんの遺体は、その後解剖に回されることになるでしょう。まずはこちらにいらっしゃる全員の話を聞いて、それから捜査を始めます」

年明け早々、嫌な事件に当たったものだと、キートンはスティーブに気づかれないように、そっと深い溜め息を吐いた。

2

軟らかい陽光が差し込む廊下を、白人の女性教師が早足で歩いている。校庭に面した、大きな窓から差し込む太陽の光に、短くカットされた髪から見える大振りのピアスのイアリングが、彼女が廊下に接する教室を覗き込むたびに、キラキラと輝いて揺れた。


——どこに行ったのかしら……。

校舎の一番に奥にあるランチルームから早足で歩いてきた、かなり太めのその教師は、そう呟きながら肩で息をしている。日頃の運動が足りないせいだ。だからまた体重が増える。それで身体を動かすのが、余計に億劫になる。それでまた体重が増える。しかし悲しいことに、彼女はそれを悪循環とは気がつかない。

彼女が住むこの国では、そういう悪循環を繰り返す人間が多い。しかしこの国は、世界一を誇るダイエット王国でもある。八割が、嘘とも本当ともつかないような、痩せるための情報で溢れかえっている。

自分に一番似合っている体型であれば、どんな体型でもいいのです。体重を減らしたい人は、炭水化物を摂るのをやめましょう。シュガーフリーのソーダを飲んでいれば、いいのです。低脂肪のヨーグルトを食べて、毎朝飲むキャラメル・マキアートやモカは、ノンファット（無脂肪）の牛乳にしてもらいましょう。お昼はサプリメントのミルクシェイクを飲んで、夜は野菜とお肉をお腹一杯食べましょう。それで、一週間で五キロは減ります。減るのが止まったときが、あなたにとって一番の体重なのです――。

彼女もその情報を信仰する一人だ。彼女はそのやり方で、一ヶ月で十キロもの体重を減らしたことを喜んでいる。とはいっても、百二十キロあった体重が百十キロに減っただけなのだから、五十歩百歩である。そして、それに気をよくした彼女は、同僚の教師がスタッフのために持ってきたドーナツを今朝、一つ平らげていた。それもチョコレートのたっぷり入った、グランデサイズのカプチーノと一緒にだ。

――一ヶ月で十キロも減ったのよ。このくらい大丈夫。髪だって短くしたし、スカートのサイズだって、二つも下がったのだもの。

一ヶ月で十キロ減った体重が、二週間後には倍になって増えることを、彼女は知らない。しかし、彼女だけを責めることは出来ない。この国の半分以上の人がそういう生活をしているのだから。自分自身に甘い人間が溢れる国なのだから――。

校舎の入り口まで近づいて、とうとう息を切らし始めた教師が、足を止めた。

「やっと見つけたわ。ミセス・ライカー」

彼女が声を掛けたその先の、校舎の扉の前に、東洋系の小柄な女性がしゃがんでいる。その横に、七歳くらいの痩せっぽちの少年が、その小さな身体には大きすぎるバックパックを背負って、外を見つめながら、小さな声で何か呟いていた。少し離れたところで立ち止まった女性教師のところからでは、その声は聞こえない。

「ミセス・ライカー」

彼女がもう一度呼ぶと、ミセス・ライカーと呼ばれたその女性は振り返り、人差し指を立てて、ちょっと待って、という仕草をしてみせた。

「ミス・マイコ、今日は月曜日です。バスが来ます」

痩せっぽちの少年が、幼い子供がまるで保育園の先生を呼ぶような言い方で、隣にしゃがんで一緒に外を見つめている女性の方を見ずに呟いた。

「マイク、そうですね。今日は月曜日ですね。でもね、今日はバスは来ませんよ。マイクのバスは今日まではお休みです」

ミス・マイコと呼ばれた女性は、少年のほうへ顔を向けてゆっくりと、丁寧に言った。

「今日は月曜日です。バスが来る日です」

少年はもう一度、乾いた無機質な声で呟いた。彼の目には感情というものがまるで感じられない。ガラスのような瞳は、透明な扉の向こうにある、スクールバスのロータリーをただじっと見つめたままだ。困ったように首を傾けた舞子が、しばらく考えてから、少年の腕に目をやり尋ねる。

「マイク、時計を見てみましょうか。今、何時ですか」

そう言われて、少年は自分の手首に付けられたスパイダーマンの腕時計にやっと目を移した。蜘蛛の巣の蓋を開けるとデジタルの文字盤が見えるものだ。

「九時……九時になりました。九時を過ぎたら、もうバスは来ません」

少年の言葉に、舞子が微笑みながら頷く。

「そうですね。九時になったら、バスはもう来ませんね。今日はこの学校にいる日です。さあ、教室に入りましょう」

するると少年はくるりと向きを変え、二人を背後から見ていた女性教師に向かってスタスタと歩き始めた。しかし、「グッド・モーニング、マイク」——そう声を掛けた太った白人の女性教師を完全に無視して、少年は二年生の教室に消えていった。

「おはよう、ジェニファー。クリスマス・ブレイクはどうだった？」

少年が自分の教室に入るのを見届けた舞子が、待っていた女性教師に話しかけた。

「素敵だったわよ。ほら、見て。ボーイフレンドのカールが、このイアリングをくれたのよ」

大振りのピアスを揺らせながらジェニファーが、ウインクして見せた。

「綺麗ね。あなたのヘアスタイルにとっても似合ってるわ」

少し派手すぎるかなと思いながらも、舞子はお世辞を言った。これがこの国の文化なのだと、二十年近いアメリカの生活で、身につけた社交辞令が自然に言葉になる。

「それにしてもマイコは忍耐強いわよねえ。休み明けは、ああいう子供たちのケアが大変でしょう」

ジェニファーが一歩間違うと皮肉とも取れそうなコメントを述べる。

「そうねえ……。でも、これが、わたしの仕事だから。あのマイクはね、自閉症でしょう。毎日、決まった時間の、決められた予定が変えられるのが一番のストレスなのよ。きっとこのクリスマスの休暇は彼にとってはすごく苦痛だったと思う。だから、ああいうふうに、納得行くまで付き合ってあげないと、本人はもちろん、まわりの人間も辛いの。それをなんとか上手く、軌道修正してあげるのがわたしの仕事だもの」

舞子の言葉に、ジェニファーが苦笑して肩を竦める。自分にはとてもそんな根気はない、と言っているようだ。

「マイクは、毎日、ここからパブリックスクールの療育の教室に通っているのよね」

「そう。私立の学校では、やはり障害児を受け入れると言っても、完璧なケアや、療育は出来ないでしょう。だから公立の、専門家のいる療育施設のついた学校で午前中学ぶことも必要なのよ」

舞子が説明すると、新米教師であるジェニファーは、感心したように何度か頷いてみせた。

舞子は今まで、自分の仕事に誇りを持ったことはない。ただ、子供と接することが好きで、この仕事に就いてから十数年、自分がこの仕事に向いていることを知っている。子供一人ひとりを知ることで、自分の一日が良くも悪くも変わることを長年の経験で身につけていた。こう言ってしまうと、やはり自分の任務に誇りを持って仕事をしているということになるのだろうか。

小学校に勤め、スペシャル・スチューデント・サービスと呼ばれる舞子の仕事は、所謂《いわゆる》障害を抱えた生徒のケアである。自閉症、ＡＤＨＤ、ダウン症、薬物中毒の母親から生まれたクラック・ベイビー、母親が妊娠中にアルコールを摂りすぎたために胎児に脳の障害を引き起こした、胎児アルコール症候群――はっきりと分かる障害の他にも、ちょっとした発達遅延のために学校生活に馴染めなかったり、授業についていけなかったりする生徒が、少しでも普通学級に順応できるようにケアすることが仕事である。

アメリカの義務教育制度は、日本のものと少し異なる。州によって多少の差はあるが、舞子の住むワシントン州では、満六歳の子供は小学校へ入学することになっている。小学校は、キンダークラスと呼ばれる幼稚部から五年生、中学校三年間、高校四年間の計十三年の義務教育で、新年度は九月開始である。ただ、アメリカの学校の夏休みは二ヶ月半と長いため、結果、日本の学生が十二年間で学ぶことを、アメリカは十三年かけて修業する形だ。そしてアメリカと日本の教育システムは、障害児教育の分野でも、大きな違いが見られる。

一九七〇年代に、障害に関係なく、全ての子供たちが普通学級で教育を受ける権利が認められてから、アメリカの学校は変わったと言ってもいいかもしれない。全ての子供が同じように、同じ場所で教育を受ける。これは日本の教育の現場からすると理想かもしれないが、ある意味、極度のレベルの差、学習能力の差がある生徒たちを一つのクラスに纏めて教育することは、至難の業である。専門的な療育を施す指導者の他に、舞子のような役職が必要となってくるのだ。

舞子がこの仕事を始めて感じたことは、以前のように原因がはっきりした障害に加えて、広汎性発達障害と言われるような、「なんとなく周りと違う。普通と違う」と思われる子供が増えていることだった。子供たちにはそれぞれ発達するエリアと、そのスピードというものがある。それでも親、専門家たちは、少し違うということだけで、その子供たちに簡単に診断を下す。

昔は「やんちゃ坊主」で片付けられてきた子供が、現代ではADHDと診断され、薬を処方される。外部の力によって、脳の働きを小さな頃からコントロールされる。きちんとしたケアが早いうちから受けられることは良いことかもしれない。しかし、そういう早い時期から、障害があると決められ、周りと違うと決め付けられた子供が果たして本当に幸せなのかと言えば、舞子にはそうとも思えなかった。

舞子がこのシアトル郊外の私立小学校へ勤務するようになってから、十年近くになる。学生時代に知り合った夫、ケビンと結婚後、ケビンの赴任先、キング郡警察署の近くの町に引っ越してきてから、この学校で障害児を主にしたカウンセラーの仕事をしている。最初の頃は、慣れない土地で、人種の違う人間として気の重い毎日だったけれど、今では学校になくてはならない存在になってしまった。舞子自身、仕事をしているあいだは気がつかずにいるが、同僚の教師たちが言うのだ。

――マイコのいない日は、他の教師の髪の毛が抜けてしまう。

「ジェニファー、そういえばあなた、わたしに何か用事があってこんな遠くまで歩いてきたんじゃないの？」

決して皮肉ではなく、舞子が額に汗をかいているジェニファーに尋ねた。

「そうだったわ。大変なのよ。すぐ校長室へ行って頂戴。一大事なんだから」

それまで、ストレスなど感じたことがないと言わんばかりの、丸々としたジェニファーの穏やかな顔が曇った。

「一大事？」

ただならぬジェニファーの様子に、舞子が眉を寄せる。

「キンダークラスのサラ・ベイカーが亡くなったのよ」

ジェニファーが、呪いの言葉を口にするかのように、声を潜めて舞子の耳元で囁く。両手を口に当て、舞子は驚きを隠せないまま、校長室へと急いだ。

「いえ、まったく知りませんでした」

校長室で、大晦日に起こった悲劇を聞かされた舞子が言った。

舞子はニュース番組を見ない。というか、テレビをつけることが殆どない。仕事が忙しいこともあるが、異国の地のアメリカのテレビ番組には未だに馴染めない。退屈な番組の中でも、舞子はニュースが一番嫌いだった。

どこの戦場で何人が死んだ。親が子供を殺した。子供が子供を殺した。残酷なシーンのある映画よりも、毎晩放送される犯罪ドラマよりも残酷な話を、独自のトップニュースだと伝えて威張っているニュース番組は、舞子が一番嫌悪するものだった。

　舞子には、この春六歳になるジョウという息子が一人いる。子供の成長と共に、舞子のその思いはますます強いものへと変わっていった。これは現実かもしれない。知っているに越したことはないかもしれない。話題性もある。他の同僚と話すトピックも増える。

　しかし、たった五年しかこの世界を知らない息子には重すぎる。知らなくていいことが多すぎる。そう感じてから、舞子は自然にニュースを見ることがなくなった。それで生活に不自由することはなかったから、舞子は別に気にもしていなかった。

　だから、この学校に通っていた少女の死を知らなかったことは、当然でもあった。今朝、同僚たちの、何とも言えない雰囲気に気づいていなかったわけではなかったが、同じ教育者として、子供の前で、そういう話題をする教師が一人もいないことを舞子は知っていたから、朝出勤したときに、そのニュースを聞かされなかったことは、自然なことでもあった。

「それで、彼女は殺されたのですか」

　蒼い顔をした舞子が、同じように焦燥して困惑顔のブルックス校長に震える声で訊いた。

「はっきりしたことは、まだ聞くことが出来ていません。今日彼女の遺体が解剖に付されるそうです。その後また詳しいことが分かってくるでしょう」

　校長室の大きな椅子に身を沈め、胸の前で腕を組んだブルックスが舞子を見上げる。

「ご家族は……彼女には確か、一年生にお兄ちゃんがいましたね。カイル・ベイカー……カイルは登校していますか？　彼は大丈夫ですか」

子供を相手にしている仕事をしていて気になるのは、やはり子供のことである。死んでしまったサラには申し訳ないが、生きている兄のカイルのことが気になってしまう舞子の職業病が出てしまった。

「カイルは今日はお休みです。両親もいるが、彼には小さな頃から世話をしてもらっている家政婦がいるらしい。彼女とスノクォールミーの別荘にしばらく滞在するそうです。実はね、あなたをお呼びしたのは他でもない。そのカイルのことについてです。あなたに、彼のカウンセリングをお願い出来ないかと思いましてね。こういう事件があって、カイルの心は大人では計り知れないほど傷ついているはずです。家政婦の方から、今朝連絡を戴きました。あなたには彼のケアをお願いしたいのです」

九月に赴任したばかりの温和そうな若い校長が、縁のない眼鏡の奥から昨夜は眠っていないであろう赤い目をしばたたかせながら舞子を見つめて言った。

「でも……そういったカウンセリング専門の先生は、この学校にもちゃんといらっしゃいますし……」

舞子の専門は障害児である。ＰＴＳＤのような特別なカウンセリングは舞子の専門範囲外だ。舞子の知る限り、一年生のカイルは、優等生のはずだった。何故、わたしに……？　舞子が疑問に思うのも当然である。校長が、訝しがる舞子に申し訳なさそうに言った。

「こういうことを言ってしまうと、あなたは気分を害するかもしれないが……。ミセス・アイコ・ベイカー――つまり、サラとカイルの母親は日系人です。カイルの世話をしている女性も、実は日系人でしてね。こういったセンシティブな問題は、同じ人種の人間がケアに当たるほうがいいのではないかと思ったのが、わたしの気持ちなのです。これは差別ではなく、同じ日本人の血を持ったあなただから、わたしたちが出来る以上の何かを期待出来るのだと思ったのですが……。お願い出来ませんか？」

二年も三年も自分以上に教育を受けていて、十年以上も教育者としての経験を積んでいるはずの上司に、舞子は心の中で苦笑した。

なんて、アメリカ人的な考え方なのだろう。同じ日本人の血を引いているとはいえ、彼女たちはこの国で生まれて育った、アメリカ人なのだ。日本で生まれて、日本の義務教育を受け、高校を卒業して、アメリカの大学へ留学して来た舞子とは、まったく違う文化を持つ人種なのに……。

ただ、こういった経験はブルックス校長が初めてではなかった。同じ東洋人だから、きっと通じるものがあるでしょうと言われて、韓国人や、中国人の生徒が入学してくるたびに、舞子はケアを頼まれた。それは舞子にとっては、未知の世界で、二十年近く付き合ってきたアメリカ人よりも、知らない文化の人々だったけれど、確かに、東洋人というだけで、生徒の家族に安心感を与えたこともあった。だから、この若い校長の言うことに反論することはないし、理解出来ないこともない。

　舞子は校長に分からない程度の、小さな溜め息を吐いた。こういうことでいちいち頭を悩ませていては、この国では生活出来ない。それは舞子が学んだ、外国生活サバイバルルールの一つだった。

「オーケー、ミスター・ブルックス。お引き受けします。まずは、サラのお葬式に出席して、ご家族と、カイルに会ってきます」

　舞子が笑顔で答えると、ブルックス校長は、「サンキュー、マイコ」と言って、すっかり疲れきった顔をようやく笑顔に変えた。

3

　舞子が校長室に呼ばれていた同じ頃、勤務時間もとうに過ぎたというのに、キートン警官はまだ仕事を終えられずにいた。前日起こった少女の殺人事件のレポートを纏めなければならなかったからだ。昨夜署に戻ってからデスクのコンピューターの前で、現場の様子や関係者の話などを出来るだけ詳細に、的確にレポートを書くことに、彼は一晩費やし、それでもまだ暖かいベッドの待つ自宅に帰れずにいた。

　昨日現場検証を終えた捜査員、監察医は、少女の死は殺人の可能性が高いとの判断を下した。健康な五歳の子供の生命は、他の者の手によって止められたと見て間違いなさそうだ。ただ、誰が何の目的で、まだ幼く人形のように美しい少女を殺さなくてはならなかったのか。五歳の少女が、誰かの恨みを買うとは到底思えない。また、これが誘拐目的だったのであれば、もっとそれらしい証拠が残っている筈である。

遺体が発見されたガレージ、別荘の各部屋にわたり、争ったような形跡も、誰かが少女を無理矢理連れ去ろうとした様子もなかった。少女が死んでいたということ以外に、不審なところがまるで見つからなかったのである。

——不審な点がないところが不審なのさ。

「何もでませんね」と呟いたキートンに、キング署から応援に駆けつけた刑事が当たり前のように答えたのを思い出し、彼は深い溜め息を吐いた。

普段彼が書いているポリスレポートは、簡単なひとまず解決した事件ばかりだが、今回はそうも行かない。これは殺人事件であり、レポートは巡査部長へ提出され、殺人事件課の捜査官と担当の検事へ送検されることになる。小さなスノクォールミー署では間に合わないため、スノクォールミーを管轄しているキング郡警察署の殺人課に応援を頼まなければならなくなる。そのたびに、彼が書くレポートは上へ上へと回されることになるのだ。

——きちんとしたものを書かなくては。

その緊張感が、彼のキーボードを打つ手を次第に遅くするのだった。

——殺人が起こった大晦日の夜、現場となったスノクォールミーのスティーブ・ベイカー邸にはサラを含めて六人の人間がいた——キートンの目の前のスクリーンに、彼が現場検証してきた事実が打ち出される。

昼過ぎから降り出した雪は、午後六時までには三十センチほどまで積もっており、その後も午後十時前まで降り続いて、その夜、現場周辺には五十センチ程度の雪が降り積もっていた。現場周辺の捜索から、外部から他の人間、または車の出入りした形跡は見られない。

ベイカー一家は、シアトル市内に本宅を構えており、ここは別荘として使っている。クリスマスイブからニューイヤーの休暇中、子供たちの冬休みということもあり、家族でここに滞在していた。

現場に滞在していたのは、被害者であるベイカー家の長女サラの他に、主人のスティーブ・ベイカー、妻の愛子、七歳の長男カイル、家政婦のローラ・松川、そしてカイルの家庭教師のジョシュア・ウィリアムである。家政婦のローラは、スノクォールミー市内に自宅を持っており、ベイカー一家がこの別荘に滞在しているあいだは、ほぼ毎日手伝いに来ているというが、泊まることも多く、一家の別荘内に部屋を与えられている。ジョシュアは、一家の別荘の敷地内にある離れを使っている。この離れは、別荘本邸から少し離れたところに建っており、行き来をするには、母屋に接続して建てられているガレージの前のドライブウェイを通らなければならない。

——遺体の発見された現場はガレージの奥、車の停められていない床の上である。遺体は仰向けに寝かされ、着衣に乱れはなかった。遺体のまわりに凶器らしいものは何も見つからず、遺体自体にも、死因となるような外傷は見受けられなかった。

駆けつけた検視官によると、ざっと見積もって、午前八時の時点で、死後六時間から十時間と推定された。詳しい死亡推定時刻、死因は、これより司法解剖に回され明らかになるはずである。

——主人のスティーブは、シアトルに本社を構える大手のコンピューターソフトウェア会社の重役である。別荘での滞在期間中も、何度かシアトルとの往復で、会社での会議に出席した。ただ事件のあった大晦日は、一日別荘内におり、この夜は、午前一時過ぎまで自室のテレビで、シアトルのスペースニードルで行われた、ニューイヤーのカウントダウンを観ていたというのが本人の話である。

彼はそのまま自室で就寝、明け方妻の愛子に被害者のサラが部屋にいないと起こされるまで、自分の部屋を出ることはなかったという。

その間、怪しい物音なども聞こえなかったと証言。別荘内を探した後、ガレージの窓からガレージ内で倒れているサラを発見。警察に午前七時に通報。

妻の愛子は仕事をしておらず、この休暇中はずっと子供たちと別荘にいた。事件のあった夜、愛子はひどい頭痛で、薬を飲んでおり、午後八時頃から自室のベッドで休んでいたと証言。深夜、息子のカイルが熱があるようだと、家政婦のローラに起こされたが、体調の悪いのは治っておらず、ローラにカイルの世話を頼み、またベッドへ戻った。愛子と夫のスティーブの寝室は別である。

朝、六時前に目が覚め、子供の様子を見ようとカイルの部屋へ行くと、カイルは眠っており、隣のカウチの上で、ローラが休んでいた。

愛子が部屋に入ってきたのに気づいたローラが目を覚まし、カイルの熱が下がらないことを告げる。時間になったら、もう一度熱さましを与えるようにとローラに指示して、次にサラの部屋に行った。そこでサラがいなくなっていることに気がつく。すぐに夫のスティーブを起こしに行った。

家政婦のローラは、夕食の後片付けが済んだ後、午後九時半頃、サラとカイルをそれぞれの部屋で、パジャマに着替えさせ、ベッドに入れた後、二時間ほど自分の部屋で本を読み、その後スティーブと同じように、やはり十一時頃からスペースニードルのテレビ中継を観るために、テレビをつけていた。カウントダウンの花火の途中――午前〇時半前と思われる――カイルがローラの部屋へ泣きながら現れ、頭が痛いと訴えた。熱を測ると、三十九度あった。眠っていた愛子を起こし、そのことを告げ、カイルに熱さましを飲ませてから布団に入れ、自分も朝まで隣のカウチで眠った。翌朝六時頃、愛子がカイルの様子を見るために部屋へ入ってきた。その後、サラが居なくなったことを知る。

ローラは午前一時半頃までカイルに付いて起きていたが、その間隣のサラの部屋から不信な物音などは聞こえなかったという。

ジョシュア・ウィリアムは、ワシントン大学のビジネス修士課程の学生である。もともと、大学四年の頃、インターンとして、スティーブのいる会社で仕事をし、卒業後三年ほどそのまま会社で働いていたが、五年前に会社を辞め、修士課程に入学。スティーブとの関係で、長男カイルの家庭教師として雇われ、家族がスノクォールミーの別荘に行くときにはよく同行した。今回も大学が冬休みということもあり、一家に誘われて一緒に来ていた。大晦日の夜は、友人とともにシアトルのカウントダウンの花火を見に行く予定であったが、生憎の雪で断念。その日は一日、部屋で課題のレポートを書いていたという。

ガレージの前の足跡のことを尋ねられると、愛子が午前二時過ぎに電話をかけてきて、ガレージの窓を閉め忘れた、見に行って、もし開いているようだったら閉めておいてくれと言われたと、彼は証言した。行ってみると、確かに窓が開いていたので、窓を閉め、そのまま来た道を自分の部屋まで戻った。ガレージの中は暗くて、何も見えなかったという。

そこまでレポートを書き上げ、キートン警官は、ジョシュア・ウィリアムとのやり取りを思い浮かべた。

キートン警官が、ジョシュアに会ったときの印象は、線が細く、真っ青な瞳に形の良い高い鼻と薄い唇のとてもハンサムな青年だが、目の下の黒いクマと、色素の薄い肌の色からか、どことなくおどおどしているという感じだった。サラが死んだことを聞かされ、動揺を隠しきれない様子だった。

「それで、あなたはわざわざ深い雪の中を歩いて、ガレージの窓を見に行ったというのですか?」

足跡のことを尋ねられたジョシュアの証言を聞いて、キートンが質問した。

「そうです。とは言っても、僕の部屋がある離れからガレージまでは二十メートルも離れていませんから、大したことではないです」

サラの死をまだ信じられないといった蒼ざめた表情で、ジョシュアは昨夜の出来事を思い出すように掠れた声で言った。

「ミセス・ベイカーは何故、自分で窓をチェックしに行かなかったのでしょう？」

キートンはジョシュアの表情を観察しながら質問を続けた。

「鍵が……鍵が見つからないと言っていました」

「鍵？」

キートンが訊き返した。

「そうです。僕のこの家もそうですが、この別荘の扉は全て、カード式のオートロックになっています。特に母屋のガレージだけは自分の家の中からでも、中に入るためにはそのカードキーを使わないと扉は開かないようになっています」

「なんだか面倒くさいですね。家の中にはご主人のミスター・ベイカーもいたというのに、あなたにわざわざそんな深夜に電話をかけたのですか？」

わざわざ夜中に電話でそういったことを頼まれたという証言に、どこか不自然さをキートンは感じていたが、ジョシュアの目には嘘をついているようなところは見られなかった。

「僕の家にはまだ灯りが点いていましたからそれがアイコの部屋の窓から見えたのでしょう……それに、彼女はそういう女性ですから」

ジョシュアが肩を竦めて、吐き出すように言った。

「そういう女性とは？」

キートンが眉を寄せて訊き返す。

「自分自身のことと、サラのことに関して以外は、何もしない女性なんです。家のこと、料理、子育てさえ、全て人任せという感じです。だから、こういうことに、僕も慣れてしまってるんでしょう。それでそういう電話がかかってきても、別に何とも思いませんでした」

世話になっている家の主人に対してとは思えないジョシュアの言葉に、キートンはちょっとした違和感を覚えながら、ジョシュアの証言をメモに取る。

「そうですか……ただね」

キートンがやや気の毒そうな顔をして、ジョシュアを見つめて言った。

「はい……」

キートンの声のトーンが変わったことに気がついたのか、ジョシュアの声が心なしか、緊張した。

「実はミセス・ベイカーは、そういう電話をした覚えはないと、言っているんです」

「なんですって？」

ジョシュアの表情が驚きとともに、みるみる曇った。

「ミセス・ベイカーは、一晩中頭が痛くて、自室で眠っていたというのです。ガレージの窓が開いていたことも知らないし、あなたに夜中に電話などしていないと仰るのですよ」

「そんな……」

ジョシュアが声を詰まらせて、手を額へ持っていき、汗を拭くような仕草をした。その彼の手は微かに震えていた。自分が今、警察官の前でとんでもない証言をしたと気がついたようだった。

「……それでは、僕は疑われている……ということになりますか？」

それまで立って話をしていたジョシュアは、近くの椅子に座り込み、頭を抱え、なんてことだと呟き、そのまま絶句した。

——これらが、事件関係者の証言だが、事件当夜、関係者それぞれが自室にいたことから、彼らの言葉を裏付けるような第三者の証言は得られなかった。

ガレージの前の足跡は、ジョシュア・ウィリアムのものと本人からの証言を得られ、彼が所有するスノーブーツの靴底と足跡とが一致したが、深夜にかかってきたという電話の点で、愛子との証言が食い違っている。

サラの遺体は、本日、一月二日解剖に回されることになっている。

プリントアウトされたレポートをざっと読み返し、最後にサインをして、キートン警官はすっかり冷たくなったコーヒーを啜った。窓際に立ち、軽く伸びをして外を眺めると、カスケード山脈の向こう側から顔を出した太陽に照らされた雪が眩しく輝き、もみの木の枝の雪はその重みで、ドサリと音を立てて地面に落ちた。

「さて、帰って寝るとしよう」

キートン警官は大きな欠伸とともに呟いて、残っていたコーヒーを飲み干した。

4

不思議なお葬式だったと舞子は思った。

サラが殺された日から六日目の木曜日、シンプルな黒いワンピースにキャメルのコートを羽織った舞子は、シアトルのベイカー邸で執り行われた、サラのメモリアル・サービスに出席した。

幸運にも、これまで数多くの葬式に出席する機会を持つことはなかったが、アメリカに住むようになってから、日本のそれとはまったく異なるこのスタイルの葬式にだけは、舞子は馴染むことが出来ない。

亡くなった人間を偲ぶ。それは変わらない。しかし、日本式の葬式や通夜のように、色を失くすということがまずない。皆、それぞれが、好きな格好をしている。花柄のワンピース、赤いスカーフ……。華やかといってもいいくらいである。

決まったスタイルがなく、悲しみを象徴するあのモノクロームの情景が見られない。音楽をかけたりもする。それは、ジャズであったり、クラシックであったり、時にはパンクロックであったりする。故人が愛したものを集まった人々が共有し、懐かしむ。教会のセレモニーの後に行われるレセプションと呼ばれる会は、一層葬儀とはかけ離れた様相を帯びている。

ただそれにしても、あれは不思議なお葬式だったと、舞子は思う。まず、出席した人々。学校関係者で出席していたのは、舞子と、ブルックス校長、サラの担任で黒人のミセス・ハリス、カイルの担任のミセス・リー、そして昨年度サラのプリスクールの教師だったという女性だけだった。舞子の勤める学校関係者はそれなりに正装していたが、やはり色はまちまちで、舞子よりずっと若いプリスクールの教師はモスグリーンのセーターとカーキ色のチノパンという軽装で、財界人が多く集まる葬儀の席で、肩身が狭そうに終始小さくなっていた。

百人近い人間が、マーサーアイランドと呼ばれるシアトル郊外の高級住宅地である、レイク・ワシントンの湖畔にある彼らの本宅に集まっていた。

映画のプロデューサー、音楽のレコーディングの関係者、子供を主役としたミュージカルの演出家、そしてシアトルの大手コンピューター会社の重役である父親のスティーブ・ベイカーの関係者……ありとあらゆる財界人が、五歳の少女の葬儀に集まった光景は異様だった。まるで何かのレセプション・パーティーのようであった。

スティーブは舞子が出席していることにも気がつかなかったに違いない。高級とひと目で分かるダークグレイのスーツに身を包んだ彼は、忙しそうにビジネス関係の知人たちの間を挨拶して話をして回り、ただの一瞬たりとも舞子に視線を移すことはなかった。

サラは舞子の受け持ちの生徒ではないため、彼が舞子のことを知らないのは理解出来ることであったが、彼女はその席での存在を完全に無視され、少々居心地の悪い印象を覚えずにはいられなかった。

自分とは縁のない世界の人間と席を共にしたこともあったが、何か、何とも言えない違和感が、舞子を不思議な気分にさせたのだった。

そして、舞子は一番の目的であった兄のカイルに会うことが出来なかった。それが何よりの心残りでもあった。何のためにサラの葬儀に出席したのか分からないと、彼女は少々憤っていた。

彼は、殺人現場となったベイカー家の別荘のあるスノクォールミーに、現在カイルの世話をしてる家政婦とともにそこへ残り、まだシアトルへは戻っていないということだった。確かに、ああいう事件が起こった後で、残された人間たちの精神状態は計り知れないものに違いない。

でも……と、舞子は思う。こういうときこそ、家族は一緒にいるべきではないのか。葬儀なのか、ビジネスの会合なのか分からないようなああいった場所に、確かにカイルは出席するべきではないのかもしれない。そういう配慮があったのかもしれない。

彼は今頃どうしているのだろう。カイルに会えないと分かって、早々に葬儀をあとにした舞子は、残されたカイルのことが気になって仕方がなかった。

「別に、こっちのお葬式なんてスタイルがあるわけじゃないし、そんなものじゃないの?」

居心地の悪い不思議な葬儀の後、なんとなく直接自宅へ戻る気持ちになれなかった舞子は、シアトルのダウンタウンにある友人、福戸可奈のコンドミニアムを訪ねていた。可奈は葬儀帰りに寄った舞子をリビングに通し、彼女の話を聞かされると、別に驚いたふうもなくそう言った。

「可奈さん、でもね、なんとなくヘンテコだったのよ。自分の子供が死んだというのに、父親は仕事の話、母親は死んだ娘のステージのキャンセルなんかをしているのよ。お葬式っていう感じじゃなかったわ。それにね、なんていうのかしら……ご両親の様子に、どことなく違和感を覚えたというか……」

　サービス精神というものを知らない可奈をよく知っている舞子は、彼女のコンドミニアムの一階にあるコーヒーショップで買ってきた、エスプレッソをお湯で薄めたアメリカーノを啜りながら言った。

「だって、娘が殺されてからまだ一週間も経ってないんだもの。他のことに頭を使って、自分を忙しくして悲しみを紛らわせようとしているのかもしれないじゃない」

　同じように、舞子が買ってきたアメリカーノを当然のように飲みながら、可奈が彼女の疑問に答えた。

「それは……そうかもしれない……。でも、本当に変なお葬式だったわ」

「ふうん……それで、彼女の死因は……？」

　可奈がそう言ったところで、突然可奈の家の電話が鳴った。

「ごめん、ちょっと待ってね」

　そう言って立ち上がり、電話に出るために奥の部屋へ消えた可奈の後ろ姿を見送りながら、舞子は一人残されたリビングで、数時間前に出席してきた不思議な葬儀のことを考えた。

　──何が自分をあんなにヘンテコな気分にさ

せたのだろう……。

先ほどの葬式を思い出しながら舞子は考えた。

白い薔薇で飾られた部屋。そこには所狭しと、殺されたサラの写真が飾られていた。

——写真……。そう。写真がまず不思議だったのだ。

サラは、五歳の少女にしては異様なまでに美しい少女だった。少しカールのかかった、明るい茶色の長い髪、長くて、くるりと上を向いた睫の下の、蒼い瞳、鼻は高くも低くもなく、少し上を向いているが、その下のピンク色の口角の上がった唇がそれをますます可愛いらしく、美しく演出していた。目を見張るほどに可愛らしい少女だった。

学校で見かけたサラを思い出しながら、舞子は飾られた写真の少女の顔を眺めていた。しかし一瞬にして、額の中の少女の顔が、舞子が見知ったサラの顔でないことに気づいた。

スパンコールの付いた、派手な衣装に身を包んだ彼女は、普段自分でもしないような念入りなメイクを施されていた。充分長い睫は、マスカラでさらに加工され、二重の強い目元には、派手なアイシャドウが、そして本来なら何もしなくても充分に綺麗なピンク色の唇は、真っ赤なルージュで塗りつぶされている。そして、作られた化粧に包まれた顔が、妖しいまでの作られた笑顔でこちらを見つめていた。とても五歳の少女には見えなかった。

——わたし、綺麗でしょう?

写真の中の少女がそう語りかけているように感じて、舞子はぞっとした。飾られた写真の顔はまるで決められたように皆同じで、衣装やポーズは違っても、その作られたような笑顔が同じメッセージを発していることを舞子は感じ取っていた。

——これは、子供じゃない……。

出来るだけ目を逸らそうとする舞子の頬を、写真の中のサラの視線が執拗に突き刺すのを、舞子は感じずにはいられなかった。その写真の一つひとつの横に飾られた、サラが着た写真の中ものと同じ衣装と靴、そのときに貰ったものか、クリスタル製のトロフィーが、舞子には嫌味にしか感じられなかった。

「先生、サラはね、今月シカゴで開かれるコンテストで、この衣装を着るはずだったのよ。これがね、そのためのオーディションの写真。とっても綺麗でしょう？　あの子はね、この衣装でジャズを歌うはずだったの。絶対に一位になるはずだったのに、どうして死んでしまったのかしらねえ？」

居心地をすっかり悪くしていた舞子の横に、母親の愛子がおもむろに座って、舞子に話しかけてきた。

年齢は、舞子と同じか、少し上くらいだろうか。綺麗な女性だと舞子は思った。白人の血が半分入っていても、サラの美しさは、母親譲りだと舞子は感じていた。目元や、形の良い唇が親子を感じさせる。

ただ……と、舞子は思った。彼女の美しさには無理がある。光沢のある黒いワンピースに包まれた透きとおるような白い肌は、最高のエステで定期的に手入れされているに違いない。美容院にだって毎週通っているのだろう。引き締まった身体からは、とても四十歳に手の届く衰えは感じられない。ピンと伸びた背筋、ダンスかなにかをしているのだろうか。彼女の美しさは自身の努力と、それを保つために注ぎ込まれた資金から創られた美だった。

――所詮わたしとは、住む世界がまったく違うのね。

舞子はぼんやりと、この国に住む社会的人種の違いを感じていた。

愛子の手にはサラが着るはずだった衣装とモノクロの、それでも異様な妖しさをたたえたサラの美しい笑顔が納まった写真が握りしめられていた。

「この度は本当に……なんと言っていいか……」

涙をポロポロと流す愛子に、舞子はなんと言っていいのか途方に暮れたことを思い出した。同じ子供を持つ母親として、子供を失うということ……これ以上の痛みがあるだろうか。それを経験したことのない舞子には、とても分かち合えるような領域の悲しみではないはずだと、彼女はかける言葉がなかった。

「そうだわ！　先生、あの子の歌うところ観たくない？　ビデオがあるの」

突然そう言って立ち上がった愛子は、舞子の返事を待たずに、ビデオラックから一本のビデオテープを取り出してきて、デッキに入れた。四十八インチの大きなスクリーンに、サラの姿が映し出された。ベースだけのシンプルな伴奏が始まり、サラが指を鳴らしながらリズムをとっている。

Never know how much I love you
Never know how much I care
When you put your arms around me
I give you fever that's so hard to bare

ペギー・リーの「フィーバー」だった。彼女は一九四〇年代に大ヒットした白人のジャズ・シンガーで、「ミス・ペギー・リー」呼ばれ親しまれた。様々な歌手に歌われてきたこの曲は、ペギーの透きとおる歌声と、彼女が付け足した「ロミオはジュリエットを愛していた」という歌詞で、彼女とこの歌を大ヒットさせた。

とても五歳の子供とは思えない妖しい色気をたたえて、スクリーンの中のサラは歌っていた。それは美しいというよりも、同じ女として、嫉妬を感じさせるほどの艶かしさだった。

どれほどあなたを愛しているのか
どれほど熱い想いを抱いているのか知らないでしょう
もしわたしを抱いてくれたら
拒めないほどの熱い想いをあなたにあげる

——気分が悪い。

舞子は目を逸らし、耳を塞ぎたい衝動に駆られた。五歳の少女がこういう歌を歌うこと、それも感情を込めて、そしてそういうことを嬉々として子供にさせるこの母親に、舞子は心から嫌悪を感じずにはいられなかった。せめて、この少女が自分の歌っている歌の意味が分かっていなかったことを信じたかった。

「先生、娘は美しいでしょう？　わたしの自慢だったのよ。でもね、サラは一番美しいときに死んだのではないかしらとわたしは思うの。そうは思わない、先生？　人生の一番輝いているときに死んだのよ。そう考えたら、わたしはサラが羨ましいわ」

愛子の言葉に、舞子は耳を疑った。五歳の子供が、それも自分の娘が死んだとは思えない言葉だった。

一番美しいときに死んだ？　この女は何を言っているのだろう。自分はこの少女の妖しさに惑わされて、母親の言葉が理解出来ないのだと信じたかった。

ステージママは、最近では日本でも珍しいことではないらしい。自分の子供に、外国人のような名前をつけて、黒い髪を赤く染め、化粧をして、モデル会社や、ドラマのオーディションへ応募する母親たち。子供を着飾って、街の高級レストランで食事をさせ、願わくば、大手のプロダクションのエイジェントにスカウトされないかと、期待している母親たち。一体いつから子供たちは、母親のアクセサリーに変わったのだろう。全部の母親がそうだと言っているのではない。ただ、そういうことに躍起になっている母親のなんと多いことだろうと、舞子は感じていた。

特にこのアメリカはひどい。学校を休ませ、レッスンに通わせ、全米中を飛び回り、どこかの都市で行われている子供のビューティーコンテストに連れ回される子供たち。それを当たり前のことのように、何百万もの金を使う母親。ライバル同士の争いは、母親同士の争いで、何年か前には殺人事件まで起こっている。

——そういう母親は、子供を一体なんだと思っているのだろう。

そこまで思い出して、舞子はサラの葬式で感じたヘンテコな気分が、子供を自分の装飾品のように扱う母親たちへの憤りと、息子を持つ自分には決して分からない疑問なのだと気がついていた。サラの母親愛子に対して、舞子はそういう印象を拭いきれなかったのだ。

「もう、一体最近の若い女は何を考えてるんだか！」

電話を終えたらしい可奈が、苛々した口調でリビングへ戻ってきた。

「裁判の通訳の依頼？」

明らかに不機嫌そうな顔つきで部屋に戻ってきた可奈に、舞子が尋ねた。

可奈は、シアトルを含むキング郡の裁判所で、日本語の法廷通訳をしている。英語がまったく分からない日本人のためだけでなく、専門用語の多い裁判の中で、日本人が多く住むこの都市とはいえ、裁判や通訳を必要とする人が、どれ程いるのか舞子には想像がつかない。

非常勤の通訳という仕事だけで、何故可奈が、この都市の真ん中に位置するコンドミニアムの最上階の部屋に住むことが出来るのか、舞子は不思議に思う。警察官の夫と、シアトルではそこそこ名の知れた私立小学校で仕事をする舞子の家庭でも、ある程度の収入はあるが、それでもとてもこの一等地にコンドミニアムを買うことなどは、夢のまた夢である。

可奈は、本業の通訳の他に、よろず相談を引き受ける探偵のようなことも趣味でしており、舞子が可奈と知り合ったのも、その関係なのであるが、それで収入を得ているのかどうかは怪しい。

いつだったか可奈が、自分はカリフォルニアにあるロースクールを卒業して、弁護士の資格を持っているのだと舞子に教えてくれたことがあったが、彼女が弁護士になって法律事務所に勤めていたという話を聞いたことはない。舞子からしてみれば実に自由気ままな独身生活を送っているように見えた。二年近く付き合っていても、福戸可奈という女性の実像はミステリアスで、友人といっても舞子は彼女のことを殆ど知らないといってよかった。

「だいたいね、英語も分からないくせに、アメリカ人と結婚するなって言うのよ」

余程頭にきているのか、可奈は目の前の舞子に吐き出すように言った。舞子は苦笑して首を竦めてみせる。

――また、誰かが可奈の怒り虫を起こしたんだわ。

日本語をあまり話せない息子のジョウが「怒りんぼう」と渾名をつけた可奈は、本当によく怒る。その上、口が悪い。黙っていれば、十人中八人くらいは振り返るくらいの美人なのに、この怒りっぽさと、口の悪さが災いしてか、一人の男性と二回以上デートしたことがないという。

可奈に言わせると、「つまらない男で頭に来たんだもの」となるのだが、きっと相手は恐れおののいて逃げ出したのだろうと、可奈の怒りぶりをよく知っている舞子は随分前にそういう結論に達していた。

「アメリカ人のカッコいいなぁと思った人と、結婚したんですけどぉ、子供が生まれてから、なんだか想像と違っちゃってぇ、話が合わないんですよね。やっぱりアメリカ人だからかなぁなんて思うんですけどぉ。それでわたしも日本に帰りたくなっちゃったしぃ、離婚したいんですよねぇ。でも裁判しなくちゃいけないって言われちゃってぇ、わたし英語がよく分からないんですぅ。でも、子供は日本に連れて帰ってモデルとかぁ、ドラマのオーディションなんか受けさせたいんですよねぇ。通訳してくれるって聞いたんですけどぉ……」

可奈が、先ほどの電話の相手の口調を真似た。顔は不機嫌そのものである。

通常法廷通訳の仕事は、裁判所を通して依頼が来るのだが、日本人コミュニティーで可奈の噂を聞いた者たちが、こうして直に電話をかけてくることがあるのだと、可奈が舞子に愚痴をこぼしたことがある。今回もその類のようだ。

「最近、そういう女の子たち、多いみたいよ。ハーフの子供を持って、宮沢りえちゃんのママみたいになりたい子たち、増えてるんじゃない？」

アメリカ生活が長くなりすぎた舞子の、日本人の芸能人知識は、この程度が最新だ。それは可奈も同じらしい。

「そういう女たちは、自分で自分の尻拭けって言うのよっ！」

顔も知らない電話の相手に余程頭に来ているのか、可奈は怒鳴った。彼女はほっそりとした身体つきの長身で、上から見下ろされている舞子は自分が怒られているような錯覚を覚えるほど、その怒りんぼうぶりは強烈だった。

「まあね。確かに、そういう女の子たちがいるってことは、同じ日本人として、悲しいわよね。母親になる自覚がないという前に、自分自身のアイデンティティーを持たないから、他のもので補おうとしているような気がするわ」

先ほどの葬式での愛子が舞子の脳裏に浮かび上がった。彼女も、そんな母親の一人なのだろうかと、舞子は数時間前に会った、愛子のことをぼんやりと考えた。

「だいたいね、自分の顔と頭の中をしっかり見てみなさいよ、って言うのよ。蛙の子は蛙。着飾ったってブスはブス。あー、馬鹿馬鹿しいったらありゃしない」

可奈の怒りんぼう節が炸裂を始めた、と舞子は思った。

「それで、仕事引き受けたの?」

舞子が苦笑しながら、可奈に訊いてみる。答えは分かっているのだが……。

「受けるわけないでしょうっ！　そういうくだらない通訳の仕事を受けるほど暇じゃないって言ってやったわ」

可奈はふんと鼻をならし、舞子の向かい側のソファーにどすんと細長い身を沈めた。

——可奈はどうやって、収入を得ているんだろう。

舞子の知る限り、可奈に裁判所から直接依頼が来ることは恐ろしく少ない。ここシアトルに、法律のお世話になるような日本人があまりいないからなのだが。舞子は依頼された仕事の殆どをこうやって怒り、断っている可奈の収入源の謎についてまた考え、すっかり冷めたアメリカーノを飲み干した。

「さて、そろそろ帰らないと。平日だし、フリーウェイ混んでると思うから」

シアトルで最高の眺めを持つこの部屋の窓から見える、暗くなり始めたエリオット湾を見ながら舞子が立ち上がった。

「夕飯一緒に食べないの？　まあ、ダンナと子供がいるんじゃ無理か。それにうちには昨夜の残りのチャイニーズのテイク・アウトくらいしか残ってないけどね」

空になった紙のコーヒーカップをキッチンのゴミ箱に捨てて、掛けてあったコートを取る舞子を、可奈は座ったまま見上げて笑った。

「今度ゆっくり、うちにご飯でも食べに来て。可奈さん、料理しないでしょう？」

舞子が意地悪そうな笑みを浮かべて可奈に言っても、彼女は全然平気な顔をしていた。

「うちではね、しないわよ。ご飯炊いて、宇和島屋で買ってきたふりかけと、インスタントのお味噌汁で充分だもの」

宇和島屋というのは、シアトルにある日本食材のスーパーだ。舞子も、たまに利用する。

だが、家で料理しなかったら、どこで料理するのだろう、と舞子は可奈に突っ込みを入れたくなる。

「可奈さんは、彼氏が沢山いるから、外食が殆どだしね」

独身で、気ままな生活をしている可奈に少し皮肉めいた口調で舞子は言ってみた。

「あっ、忘れてた！」

舞子の言葉に、突然何かを思い出したのか、可奈が叫んだ。

「どうしたの？」

「今夜わたし、ワシントン大学の研修医とデートの約束だったのよ！　ほら、先月オープンしたホテルの一階にある寿司バー。あそこへ行く約束したのよ。ああ、もう六時を回ってるじゃない。遅刻、遅刻」

慌てて立ち上がった可奈は壁に掛けられた時計を見て慌てる。

「相変わらず、ボーイフレンドには困ってないみたいね。お寿司なんて羨ましいわ」

慌てふためく可奈を見ながら、舞子は笑いながら言った。

「まあ一人で食べるよりもマシじゃない。それに奢りだって言うしね。うわー、これはもう間に合わないわ。電話して迎えに来てもらおうかな」

そう言いながら、舞子を送り出しかけた可奈が思い出したように訊いた。

「あ、さっき電話が鳴って訊きそびれたけど、その女の子の死因は？」

「さあ……わたしもはっきりとしたことは知らないの。学校では生徒を不安にさせるから、このことは話題にしないようにと校長からきつく言われているし……でも……」

可奈に言ってもいいものかと迷うように、舞子は言葉を詰まらせた。

「でも、何？」

可奈が探るように、舞子の目を見つめる。こういうときの彼女の視線は鋭く、相手を不安な気持ちにさせる。

「噂なのだけれど、サラは殺されたのかもしれないって……」

　これは先ほど舞子が出席した葬儀で、やはり葬儀に来ていた派手な格好をしていた女性と、その知人が部屋の隅でひそひそと話をしていたのが、舞子の耳に届いたのである。

「そういう嫌な事件は、一日も早く解決してほしいわね」

「本当にそうね。何か分かったら、教えてあげるわ」

　舞子はコートを羽織って、可奈の部屋を後にした。


　エレベーターで、コンドミニアムの地下駐車場に降りて、舞子の足である赤のグランド・ジープ・チェロキーを外に走り出させると、みぞれ混じりの雨になっていた。

　シアトルは雨の多い街だ。一年の三分の二は雨の日だと言っても言い過ぎではないと、舞子は思う。パシフィック・ノースウェストと呼ばれるこの辺り以外の土地から移り住んできた人々は、この気候が我慢できないと不満を言う。しかし、舞子はこのシアトルの気候が嫌いではない。雨の一番多い時季は十月から四月にかけてである。高い緯度に位置するここでは、冬の間の日照時間は短い。朝八時頃、ようやく陽が昇りはじめ、夕方の四時くらいまでにはすっかり外は暗くなっている。おまけに昼間は空は厚い雲に覆われ、日中でもなんとなく暗く重苦しい。それでも毎日屋内で仕事をしているものにとっては、外の天気はあまり気にならない。それに、雨の質が違うのだ、と舞子は感じている。

この辺りの雨は「ドライレイン」なのだと夫のケビンがよく言う。延々と降り続く雨の粒は、霧のように細かく、まるで真っ白い靄がかかったように、音もなく降る。傘をささずに歩いていても、ぐっしょり濡れるということはまずない。小さな小さな目に見えないほどの水滴が、コートに膜を被せたように濡らすくらいである。だからここに住み慣れた人間は、殆ど傘をさすことがない。

そしてそんな陰鬱な天気も、六月を過ぎた辺りから、雨の日が少なくなり始める。夏の間は殆ど降らない。カラリと晴れ上がった空と、乾燥した空気、涼しい潮風。世界で一番過ごしやすい夏がこの土地に訪れる。太陽は朝五時には昇り始め、夜十時を過ぎてもまだ明るい。気温も日中は二十五度程度で落ち着き、夜になると心地よい涼しい風が吹く。一年の半分以上を、暗いどんよりとした天候の中で過ごしてきた土地の人間にとっても、夏場だけ避暑に訪れる旅行者にとっても、ここの夏は素晴らしい。ただ、この夏の気候の本当のありがたみが分かるのは、この土地で一年を通して暮らしている人間だと、舞子は思う。

雨で混雑した夕暮れのフリーウェイを、イニシャル・スピードでワイパーを動かしながら、舞子はゆっくりと家路へ車を走らせた。

5

弔問客がいなくなった、ガラリとした部屋の暖炉に一番近いソファーに深く身体を沈め、愛子が静かに何か歌を口ずさんでいる。顔は、明々と燃える暖炉の炎の方を向いてはいたが、その瞳は何も見ていないようにただぼんやりとしている。愛子の瞳に映る目の前の炎が、ゆらゆらと揺れていた。

Everybody's got the fever
That's something you all know
Fever isn't such a new thing
Fever started long ago

誰もが熱を秘めている
みんな知っていることだ
今に始まったことではない
ずっと前からここにある

葬式の席で皆に観せたビデオの中でサラが歌っていた曲を愛子が口ずさんでいた。サラが次のコンテストで歌うはずだった曲だ。サラの着るはずだった衣装を抱きしめ、瞳は目の前の炎の奥を見つめて、愛子は一人歌を口ずさみ続けている。その声は時に掠れ、泣いているかのようだったが、愛子の目には一粒の涙も浮かんではいない。炎を見つめる瞳には感情というものがなく、口元は微かに笑っているようにも見えた。

Fever till you sizzle
What a lovely way to burn
What a lovely way to burn

あなたが焦げ尽きるまで
なんて素敵な燃え尽き方

なんて素敵な燃え尽き方……

――わたしも、そんなふうに思っていた頃があった。

愛子は暖炉で煌々と燃え盛る炎の奥を見つめ、遠い過去を思い出していた。

まだ世の中にある全ての欲しいものが、自分のものになると信じていたあの頃……。

「アイコ、今年のクリスマスリサイタルはシンデレラですって」

ピンクのレオタードを着た痩せた白人の少女が顔を紅潮させて言った。

「主役はきっとアイコに決まってるわよね」

隣にいたもう一人の少女も、同じように興奮して愛子の肩を軽く叩いてみせた。

「アイコのように踊れるバレリーナはそうはいないわ」

誰もが愛子を褒め称えた。日頃から血の滲むような努力をしている彼女をみんなが認めていた。

――それなのに……。

子供の頃のことを思い出しながら、愛子は僅かに微笑んだが、その顔はすぐにまた感情のない彫刻のような表情に変わった。

暖炉の中で、パチリと音を立てて火の粉が上がった。

年月が経つとともに、現実はそう甘くないこと、この国でトップへ登りつめるには、実力だけでは難しいことを彼女は学んだ。

彼女がどんなに頑張ろうと、他人の何倍も努力を重ねようと、彼女が主役になることは決してなかった。誰も口にしようとはしなかったけれど、それが、彼女が日系であり、白人ばかりのバレエ学校の生徒の中で、黄色い肌や髪の色によるもののせいだということを、彼女は知っていた。

——それなのに、母は……。

燃え盛る暖炉の炎を見つめる愛子の目に憤りの色が浮かび、再び暖炉の中の木の破片が大きな音を立てて弾けた。

愛子の母はそれを分かってはくれなかった。彼女がオーディションでいつも最終的にプリマになれないのは、努力が足りないからだと罵った。実力さえあれば、人種などは問題ではないのだと——自分の努力が足りないことを、容姿や人種の違いのせいにするのは甘えていると。

彼女はいつもそう言って、愛子を庇《かば》ってくれるどころか、冷たく突き放すばかりだった。

——どうして……どうして分かってくれないの……？

泣き声にもならない叫びを、彼女はいつも心の中であげていた。

——ママ……あなたは、わたしを……わたしのことを……。

愛子の目に、一筋の涙が流れ、目の前の炎に照らされてきらりと光った。

「まだ起きていたのか」

いつの間にか夫のスティーブが愛子の後ろの少し離れた場所に立ち、彼女が歌うのを冷たい目で眺めていた。愛子が歌うのをやめ、夫のほうへ、涙に濡れている目を向けた。

「起きていたら悪いの？」

愛子の声は、その表情と同じように冷たいものだった。

「まだそんなものを持って……。サラは死んだんだぞ。それに……その歌を歌うのはやめるんだ」

スティーブは、愛子が抱きしめているサラの白いドレスを怒りのこもった目で見つめた。

「どうしていけないの? サラを思い出すから?そんなこと、わたしの勝手でしょう? あなたに命令される覚えはないわ。サラはわたしの生きがいだったのよ。わたしの情熱の全てを注いでいた。わたしの夢も、希望も何もかもあの子に託していたのよ。それなのに……それなのに……」

憤りを顕わにそう叫ぶと、愛子は泣き崩れた。

「何が、生きがいだ。娘を商品のように扱って、着飾って、大人の歌を歌わせて――まるでバッグか、アクセサリーのように、他人に見せびらかしていただけじゃないか」

愛子へ向けられるスティーブの言葉や視線は、あくまでも冷ややかなものだった。

「人に見せて、何が悪いの? 褒められて、どこがいけないって言うのよ。サラは美しい子供よ。わたしが創った、最高の美なの。それを誇りに思うことはいけないことなの?」

愛子は立ち上がり、両手で激しくスティーブの肩を掴んで揺らした。

「そういう気持ちがサラを死なせたというのが分からないのか? お前は狂っている。とても話にはついて行けない。何が自分が創った最高の美だ……。自分でサラを死なせておいて」

吐き捨てるように言い、スティーブは愛子を振り払って、部屋を出て行こうと踵を返した。

「なんですって？　わたしがサラを死なせた？　馬鹿なことを言わないで」

夫の言葉に、愛子は声を震わせた。

「これまでお前がしてきたことを、わたしが知らないと思っているのか。自分のことだけしか考えられない女のくせに」

スティーブは愛子を見下ろしていた。その目には憎しみが浮かんでいた。

「それはこっちの台詞だわっ。それに……」

愛子がスティーブを睨みつけた。

「何が言いたい？」

相変わらず冷たい表情のまま、スティーブが尋ねた。

「自分のことしか考えていないのはあなたのほうだわ。いつだってあなたは自分の身を守ることしか考えていないじゃないの。警察の捜査にも協力せずに、平気な顔で仕事へ出て。今日だってサラの葬儀だというのに、あなたは仕事の話しかしていなかったわ」

「娘を殺したかもしれないお前のことを守るためだ」

「自分を守るための間違いでしょうっ」

愛子が叫ぶように言い返した。

「何が言いたいのかわたしには分からない。お前とはいつもこうだ。何を話しても辻褄が合わなくなる。わたしの言葉がお前に理解できないように、わたしもお前のことが何一つ理解できない。もう、沢山だと言いたいところだが、そういうわけにはいかないことをお前もよく分かっているはずだ。自分のしたことをもう一度考えてみることだ。わたしたちは……」

スティーブは言葉を止めた。

「わたしたちが、何だって言うの？」

愛子が冷たい目で、スティーブを見据えた。

「わたしたちは……ある意味共犯だ」

そう吐き捨てて、スティーブは自室へ消えていった。


──わたしがサラを死なせた？　馬鹿馬鹿しい。そんなことがあるわけがないではないか。

愛子は一人残されたリビングに座り込み、呟いた。


──サラはわたしの情熱。サラはわたしの夢。サラはわたしの全て。死なせるわけなどないではないか。

わたしはサラを愛していた。何よりも、誰よりも──この世で一番大切な、わたしのものだった。そんな大切なものをわたしが手放すはずがないではないか。


──マミー、ごめんなさい……。

頭の中で、サラの声がした。愛子は記憶の奥に耳をすませる。

──あなたは……あなたはわたしがこんなに頑張っているに……どうしていつもこうなの──どうしてわたしを困らせるのよっ……。

──マミー……マミー……。

サラの泣き声が耳を劈《つんざ》く。

──黙りなさいっ、泣くのをやめてっ……あなたがわたしの言うことを聞かないから。あなたがわたしの思うとおりにならないからっ……。

パチパチと燃える暖炉の前に座り込み、愛子は呆然とし、両手で頭を抱え、正面を見つめた。その顔にはみるみる恐怖の色が広がり、唇は震え、たった今脳裏に浮かんだ記憶を打ち消すかのように、愛子は激しく首を横に振った。

——わたしが……わたしがサラを殺したのだろうか？　この手で自分の娘を殺したというの？

愛子が自分の目の前の広げた両手を見つめる。

——サラはわたしの夢だった……サラはわたしの情熱を注いだ全てだった。サラはわたしの命。

愛子は耳を覆い、激しく首を振り続ける。

——そんな筈はない。決してない。サラを……サラを返して。わたしじゃない。サラを殺したのは、わたしじゃない。

サラを返して——わたしの人生を返して……。

泣き崩れる愛子の声を聞きながら、スティーブは自室の扉を閉めた。リカー・キャビネットからスコッチを取り出し、グラスに注ぎ、ストレートで飲む。喉に熱い液体が流れ落ちるのを感じる。革製の椅子に身体を沈め、窓の外の湖の向こうに広がるシアトルの夜景を眺める。

——あんな女は泣けばいいのだ。泣いて苦しめばいいのだ。わたしはずっとあの女に苦しめられてきたのだから……。

いい気味だとスティーブは思った。そして彼は一人冷たい笑みを浮かべる。自分が大切にしていたものを、自分が殺したかもしれないという恐怖と不安に一生苛まれればいい。

——ただ……。

琥珀色の液体の入ったグラスを傾けながら、スティーブは考える。

サラを殺したのは、本当に愛子なのだろうか？　もしかすると、愛子が気がついたときにはもうサラは死んでいたのではないか？　とすると、誰がサラを殺してガレージへ運んだというのか？　それとも……。まさか……!?

一瞬過《よ》ぎった不安を打ち消すように、スティーブは一気に残りのスコッチを飲み干す。

——まさか、そんなことは絶対にない……。絶対にあり得ないことだが、それでも……。

頭の中で次々に浮かぶ疑問と不安から、スティーブの額から一筋の汗が流れ落ちた。

——なんとかしなければ……このままではいけない……。

サラを失った上に、わたしのこれまで築き上げてきた全てまでも奪われるわけにはいかない。

空になったグラスを置いたサイドテーブルの上に、生前撮影されたサラの写真が飾られている。生きていた頃と同じように、サラが美しい笑みでスティーブを見つめている。艶かしい視線が、写真に手を伸ばしたスティーブの指に絡みつく。

絹糸のように滑らかで艶やかな髪、雪のように白く柔らかな肌、薔薇の花びらのように赤く瑞々しく輝く唇——サラの写真を撫でる指先に、少女の鼓動が伝わり、まるで電流が走ったように、スティーブは身体を震わせる。

——嗚呼……愛しいサラ。私の宝物……。

閉じられた瞼の奥にサラの幻を見ながら、スティーブは深い溜め息を吐いた。

第二章　振動―VIBRATION

1

「サラ、またどこかに行くの？」

部屋に入ると、子供用のスーツケースに、洋服やらお気に入りのぬいぐるみなどを詰め込んでいるサラを見つけて、ボクは訊いた。

「そうよ。今度はね、飛行機に乗って、シカゴに行くんだって。白いドレスを着て、歌を歌うのよ」

ベッドに腰掛けたボクに、眩しいくらいの笑顔でサラがニコリと微笑んだ。兄妹なのに、サラは白人の血が、ボクはマミーのものが濃くあらわれていて、ボクらはあまり似ていない。ただ、マミーとサラとボクが並ぶと、他の人はみんな、ボクらがマミーに似ていてとても綺麗な顔をしていると言ってはボクらを褒めた。

「ふうん。飛行機に乗るのかぁ。ボクは飛行機に一度も乗ったことがないよ」

サラはマミーと色んな場所へ飛行機で出かけて行って、サラはそこでダンスをしたり、歌を歌ったりしていた。ボクはいつもローラと留守番だったから、一度も飛行機に乗ったことがなかった。

「カイルも歌が上手くなったら、一緒に飛行機に乗れるかもしれないのにね」

ボクと同じように残念そうな顔をしたサラが言った。

「ボクは学校で習った歌しか知らないから、ダメなんだね。サラみたいに、沢山先生がいて、いっぱい歌を教えてくれたら上手くなるのかな」

ほんの少しだけ、ボクは色んな先生について、学校で習わないことをやっているサラが羨ましくなった。

「きっと上手になるよ。沢山先生がいて、沢山レッスンをしたら、一番になれるんだって、マミーが言ってたもの」

「シカゴには、またマミーと一緒に行くの?」

「そうよ。わたし一人じゃ飛行機に乗れないもの。それに、シカゴはとっても大きな街なんだって、マミーが言ってたよ。だから、わたし一人じゃ、どこに行っていいか分からなくなっちゃう。だから、マミーはいつも一緒に来るんだって」

洋服を詰めていた手を止めて、サラがボクの隣に座って言った。

「ボクも飛行機に乗りたいな」

窓の外に目を移して、ボクはもう一度呟いた。

「カイルも一緒に来ればいいのに。マミーに訊いてみたら?」

無邪気な顔をして、サラがボクに提案した。

「学校があるからダメだって言われるよ。それがボクの仕事なんだって、マミーもダディーも言ってた。だからジョシュアがボクの勉強を見てくれるんだって」

サラが平気な顔をして言うのが面白くなくて、ボクはベッドの縁から投げ出した足をぶらつかせながら答えた。

「わたしもね、ジョシュア、好きよ。誕生日も、イースターも、クリスマスも、沢山プレゼントをくれるから。ほら、これもそうよ」

枕もとにあった、白いネコのぬいぐるみをサラが抱き上げてみせた。

ジョシュアはボクの家庭教師で、学校の勉強を見てくれたり、先の勉強まで教えてくれたりする。いつも優しくて、ボクら二人にプレゼントをくれたりするから、勉強を習わないサラもジョシュアが大好きだった。

「ジョシュアは色んなプレゼントを沢山くれるよね。ボクもクリスマスにはゲームをもらったよ」

新しく出た、ビデオゲームのソフトをクリスマスにもらったことをボクは思い出した。

「それにね、わたしが時々ジョシュアのおうちに行くと、本を読んでくれたり、チョコレートシロップや、トッピングを沢山のせたアイスクリームを食べさせてくれるよ」

それを聞いてボクは少しだけ驚いた。サラが一人でジョシュアの家に行っているなんてことは知らなかったから。

「そんなによくジョシュアの家に行っているの？」

「うん。別荘にいるときにはジョシュアもお隣のおうちにいるから、いつでもおいでって言ってくれたもの。だからね、遊びに行くの」

サラが楽しそうに言った。

「ジョシュアはね、ボクが勉強で一番になれば、マミーもダディーもきっと喜ぶよ、って言ってた。だから一緒に頑張ろうねって、言われたよ」

マミーだけじゃなくて、ジョシュアもサラにはボクに接するときよりも優しいような気がして、そして、誰からも優しくされるサラが少しだけ羨ましくて、ボクは悲しくなった。

「マミーも、わたしにいつも言うわ。一番にならなくちゃダメだって。だから、一生懸命レッスンしなくちゃいけないって」

「でも、飛行機に乗りたいな……」

何故だか分からないけれど、とても悲しくなって、ボクの口から出てきたのはそれだけだった。

「カイル、一緒に行く？　スーツケースに入って行ったら、きっとマミーも分からないよ」

サラが、名案だと言わんばかりに、ボクの顔を覗き込んで言った。その瞳は、キラキラ輝いていて、世の中のことは何でも叶うと言っているみたいだった。

「一緒に行ってもいいの？」

ボクもサラの顔を覗き込んだ。

「だって飛行機に乗りたいんでしょ？」

「うん、乗りたい」

「じゃあ、内緒で一緒に行こうよ」

「サラのスーツケースに入って行くの？」

これには、ちょっと入らないんじゃないかな……でも、ぬいぐるみを二つくらい減らしたら、入れるかな？　そんなことを考えながら、ボクは荷物が詰められた、サラの小さなスーツケースを眺めた。

「そうよ、内緒でスーツケースに入って、一緒に飛行機に乗るの」

「約束？」

飛行機に乗れるかもしれないということ、サラと二人で、大人には内緒の秘密の計画をしているということに、ボクは少しずつわくわくしてきた。

「約束する。出発する前の夜に、カイルがスーツケースに隠れて、一緒に飛行機に乗る」

「きっとだよ」

「うん、きっと……」

　サラが満面の笑顔を見せた。サラが言うと、どんなことでも実現しそうだった。ボクは飛行機に乗れるかもしれないという嬉しさと期待で胸がいっぱいになった。


――きっと……。

　サラはそう言って約束してくれた。でも、そんなことは無理だって、分かっているんだ。

　あんな小さなスーツケースにボクは入れないし、マミーに絶対に見つかってしまう。マミーはいつだって、サラだけを色んなところに連れて行く。マミーは、ボクのこと……。

――マミーはボクを愛してないのかもしれない。

　でも、サラがボクも一緒に行けるって言ったから……きっと、行けるって言ったから。

　もしかしたら、今度は行けるかもしれない。

　きっと……きっと……。


　誰もいない部屋のベッドの中で、カイルは目を覚ました。

――夢だったんだ。

　上体を起こして、ベッドの上から外を見ると真っ暗だった。この辺りは、周りに家がないから、月が出ていない曇った夜などは、灯りの元となるものは何もない。大晦日に積もった雪もすっかり溶けてしまい、外は本物の闇に包まれていた。

　ただ、カイルには、今が夕方なのか、夜中なのか、明け方なのか、時間の判断がつかなかった。サイドテーブルに置かれたデジタルの時計に目をやると、午後七時だった。また熱が出て、昼から眠っていたことをカイルは思い出した。

目が覚めて、身体の様々な感覚が徐々に戻ってくるのを感じて、カイルはベッドルームのドアの向こうから、いい匂いが漂ってくるのに気づいた。すると、急にお腹が空いてきた。熱が下がって、体調が良くなったのかもしれない。

カイルはゆっくりとベッドから起きだし、床にあったスリッパを履いた。


階段を下りてキッチンへ行くと、ローラがテーブルで編み物をしていた。カイルが立っているのに気づくと、その手を止めて、ローラが立ち上がった。


「カイル、起きてきたのね。気分はどう？」

ローラがカイルに近寄り、額に手を当てた。

「よかった。熱は下がったわね。お腹空いたでしょう？」

カイルが黙ってこくりと頷くと、ローラは微笑んで、彼をダイニングの椅子に座らせて、食器を出して、鍋で炊いた白いご飯に、カレーをよそって、カイルの前に置いた。

「ありがとう」

そう言って、一口食べると、思った以上に自分が空腹だったことに気づいたカイルは黙々とあっという間に一皿平らげ、おかわりをした。

カイルは、ローラの作る、カレーライス、ハンバーグ、ケチャップの沢山入った、甘いミートソースがかかったスパゲッティが大好きだった。カイルがそう言うと、ローラは自分の母親がよく作ってくれたのだと教えてくれた。

ローラの両親はシアトルに住んでいる。父親は、日系のアメリカ人だが、母親は日本で生まれて育った日本人なのだと、ローラは言った。だから、ローラがまだ幼い頃、母親はよく日本人の子供が好む料理をローラに作って食べさせてくれたのだと言っていた。

カイルも日本人の血が入っているから、好きなのね。

ローラは時々そういうふうに言ったが、カイルにはよく分からなかった。

「みんなはどこへ行ったの?」

二皿目のカレーライスの最後の一口を食べて、カイルが聞いた。

「カイル……何も覚えていないの?」

カイルが食べいている間、向かい側の席で編み物を続けていたローラの顔が曇った。

「大晦日の夜に、風邪を引いてから、ボク眠ってばっかりだったでしょう。だからね、あんまり周りのこと覚えてないんだ。今日は何曜日?」

「木曜日よ。大晦日から五日ね」

カイルの皿を片付けながらローラが答えた。

「そんなに時間が経ったなんて知らなかった。じゃあ、マミーとサラはもうシカゴへ行っちゃったんだね。ダディーも、シアトルでお仕事なんだね」

一瞬戸惑いの表情を見せ、それを隠すようにローラが慌てて下手な笑顔を作った。

「そう……そうね。カイルが病気しちゃったから、わたしにカイルのこと任せて、みんな先に帰っちゃったのよ」

ローラは咄嗟に取り繕った。

「ローラ、本当はボクね、内緒でサラと一緒にシカゴについて行くはずだったんだよ」

ローラには普段から何でも話しているカイルは、少しだけ悪戯っぽく笑った。

「そうなの？」

ローラがカイルの目を見つめた。

「うん。でも、熱が出たからダメになったけどね。でも、サラがいいよ、って言ったら、今度はついて行くんだ。飛行機に乗りたいんだ、ボク」

カイルが残念そうに言った。

「そう……そうだったの。カイルは飛行機に乗りたいのね」

「飛行機にも乗りたいし、ボクもマミーとサラと色んなところに行ってみたいんだ。だってボク、いつもお留守番だからね」

そう言ったカイルの顔を見て、ローラが悲しい目をした。

「そうね、きっと次は連れて行ってもらえるようにしようね。だから、早く風邪を治しましょう」

悲しみをカイルになるべく悟られないように、ローラが弱々しく微笑んだ。

「うん、そうする」

ローラの隠された感情に気づかないカイルが、ニコリと笑った。ローラもそれに応えるようにもう一度微笑んで、いい子ね、と言った。

「ねえローラ、ボクは学校に行かなくていいの？」

思い出したように、カイルが訊いた。

「うん、カイルは病気だったから、あとしばらくお休みすることを、学校に連絡してあるのよ。

でもね、来週になったら、カイルの学校の先生が一人来てくださることになってるの」

少し考えてから、ローラが言った。

「先生がここまで来るの？」

カイルは心底驚いたようだ。

「ミセス・ライカー。知ってるでしょう？　彼女がね、カイルの勉強を見に来てくれることになってるのよ」

「勉強はジョシュアがいつも見てくれるよ」

カイルは不思議そうな声をあげた。

――ボクの勉強を見てくれるのは、いつだってジョシュアじゃないか。

「ジョ、ジョシュアはね、しばらく勉強を見られないかもしれないから」

――カイルは本当に何も知らないのだ――ジョシュアにサラを殺した嫌疑がかけられていることも……。

ローラの目が悲しみで曇る。

「ふうん。ジョシュアも学校があるから、シアトルに帰っちゃったんだね」

ローラのただならぬ雰囲気を読み取ったのか、カイルは急におとなしくなり、それ以上尋ねることはなかった。

「また熱が出るといけないから、そろそろベッドに戻りましょうか？」

ローラの手がカイルの薄茶色の前髪をかきあげ、蒼白い彼の額に触れる。

「でも、もうボク眠くないよ」

ローラが話題を変えると、カイルは少しつまらなそうな顔をして言った。

「ちょっとだけ、ゲームしちゃいけない？」

カイルがローラの顔色を窺うように訊いた。

「そうね、一時間だけなら――一時間ゲームしたら、ベッドの時間よ」

ローラがそう言うと、カイルは微笑んで、ありがとうローラ、と言って、階段を駆け上がっていった。その後ろ姿を見ながら、ローラは肩を落とした。

2

「スノクォールミーまで、通うんですか？」

月曜日の朝、舞子は校長室に呼ばれ、ブルックス校長から、カイルのカウンセリングを今週中は、スノクォールミーの別荘へ家庭訪問という形で行うように言われた。

「ええ、そうです。ご家族のたっての願いで、カイルはしばらくスノクォールミーの別荘で、家政婦と過ごさせたいということのなのです。授業の遅れも気になるし、カウンセリングも兼ねて、家庭学習という形にしてくれと連絡をいただきました。お願いできませんか？」

あくまでも、温和に嘆願する姿勢を見せる校長だが、舞子には、もうこれが既に彼の頭の中では決定済みのものであることを感じていた。そして、それは私立学校へ子供を通わせることの出来る、裕福な家庭の中でも、特に上のほうに位置する、金持ちの特権なのだろうと、舞子は少しだけ、そういう無理を聞き入れなければならない校長を哀れに思った。

舞子は断る余地がないことを知りながら、頭の中で、往復二時間かかるスノクォールミーまでの家庭訪問が可能か考えてみた。

まず、朝は学校へ来なければならない。自閉症のマイクをバスに乗せるためだ。マイクは朝、母親に連れられて舞子のオフィスに来て、舞子と一緒にバスを待つ。それが彼の一日の最初の予定であり、それが狂わされると、一日中彼は不安定になる。舞子の受け持ちである彼のケアは外せない、と舞子は思った。

そのあとの二時間は、毎日違う生徒の指導、カウンセリングの予定が組んである。だから、シアトルを出られるのは、早くても午前十一時である。それから約一時間、高速をスノクォールミーまで走らせ、カイルの勉強の指導とカウンセリングを終わらせて、シアトルへ戻るのは、三時から四時あたりか……。舞子は素早く頭の中で計算した。

――なんとか間に合うかもしれない。

舞子が考えていたのは、息子のジョウのことだ。公立小学校のキンダークラスに通うジョウは、毎日四時頃家に帰ってくる。忙しい夫を持ち、一児の母親としてすべきことはしなければならない。夫のケビンは舞子が仕事を持つことに対して、特に何かを言うわけではないが、母親としての仕事を第一に、というのが舞子なりの信念のようなものであった。だから、ジョウが学校から帰ってくる時間までに、シアトルへ戻ってくることが出来ればいい、舞子はそう思ったのである。

「なんとか行けると思います」

それまで舞子の頭の中で、どのような計算がされているのかを知らない校長は、舞子のその答え方に少し戸惑いながらも、すぐに嬉しそうな顔をした。

「ありがとう。君には無理なお願いばかりをしているようで申し訳ないが、そう言ってもらえると助かります。スノクォールミーへは、学校の車を使ってもいいし、走行距離をつけて、あとで事務へ提出してもらってもいい」

「スノクォールミーへは自分の車で行って、終わったらそのまま家へ帰ります。今週は午後の指導の予定は入っていませんので、朝出勤して、午前中の指導を済ませてから行くことにします」

本当は、自分のグランド・ジープ・チェロキーを使うよりも、学校の公用車で燃費のよい、トヨタのハイブリッド車を使うほうが、学校にとっても自分にとっても経済的なのだろうが、そのままジョウの帰りに間に合うように家へ戻るためには、自分の車を使う他なかった。

「結構です。それでは早速明日から行ってもらえますか？　カイルの担任の先生に、課題を作っておくように頼んでおきました。一度、カイルについて話を聞いてみるのもよいでしょう」

「ではそういうことで、早速カイルの担任のところへ行ってきます」

舞子はそう言って、校長室の扉を開けて、一年生の教室へ向かった。

――カイルは今頃どんな気持ちでいるのかしら……。

廊下を歩きながら舞子は考えた。何の不自由もない裕福な家庭で育てられ、きっと今まで辛い思いをしたことなどないのではないだろうか。そういう子供に、妹の死、それも殺人という悲劇が訪れた。カイルはその事実をどういうふうに受け止めているのだろうか。

――わたしに出来るのかしら……。

舞子に微かな不安がよぎる。そして、また息子のジョウのことを思った。カイルはジョウと同じくらいの年の男の子だ。きっと何か通じるものがあるに違いない。だから、ジョウに接するように……。

「あっ、しまった……忘れてた！」

廊下を歩いていた舞子がいきなり大きな声で、それも日本語で叫んだので、周りにいた生徒が何人か驚いて舞子のほうを見た。

それに気づいた舞子は、生徒たちに、ごめんね、何でもないのよ、と無理のある笑顔で謝った後、頭を抱えて自分のオフィスへ駆け込んだ。

——しまった……すっかり忘れていたわ。

舞子はオフィスの机の上で頭を抱え込み、目の前の電話に手を伸ばした。

その頃、キング郡警察署の特別犯罪捜査課では、舞子の夫ケビンが、同じように頭を抱えていた。

シアトル、スノクォールミーを含む、四十余りの市町村からなるキング郡の警察署で、ケビンは犯罪捜査部の中の、特別犯罪捜査課というところに勤務している。特別犯罪捜査課は、レイプ、売春などを含む性犯罪の他に、最近ではサイバークライムと呼ばれる、所謂インターネットを悪用した犯罪が主な担当である。

近年のインターネットの普及に伴って、それを悪用した犯罪は激増するばかりだ。ハッキング、コンピューターウィルス、ネット詐欺、著作権を無視した音楽や映画ファイルのダウンロード、臓器売買、児童ポルノ、人身売買など、顔や身元の判明が難しいネットの世界で、ありとあらゆる犯罪が横行している。

　これほど、コンピューターを使った犯罪が増える中で、その犯罪だけを専門としたサイバークライム課を設置している州や郡の警察署も増えているが、ケビンが勤務するキング署では、未だに特別犯罪捜査課の枠の中で、限られた捜査員をフル回転して、仕事を強いらせられていた。このキング郡でも、治安への予算削減は厳しいものだったのである。

　そして、ケビンがここ数ヶ月担当をさせられているのが、インターネットを使った、会員制の児童ポルノのウェブリングの捜査だ。数年前、未成年買春の仲介、児童ポルノの画像ファイルの交換などを、インターネットを通じて会員制で行うグループの存在が明らかになったが、昨年秋からこのキング郡にも同じような会員制のウェブリングの存在が噂され始めた。時間が経つにつれ、噂はおぼろげながらも、確信に変わり、昨年の感謝祭の連休明けに、ケビンはこのケースの担当を言い渡された。

　十一月の半ば頃からキング署に、匿名でこういった児童ポルノのウェブリングがシアトルを拠点にしてインターネット上にあるという投書が届くようになった。初めて投書が届いた時には、特別犯罪捜査課も、あまり相手にはしていなかったが、そのうちに警察は何をやっているんだ、というような抗議めいた手紙が立て続けに送られてくるようになり、ケビンをはじめ、特別犯罪課も、何もせずに送られ続ける手紙を無視しているわけにはいかなくなったのだ。

　しかし、証拠どころか、手がかりもないインターネットの中の犯罪。ケビンはこの二ヶ月近く、見えない敵と慣れないコンピューターを相手に孤軍奮闘しているのだった。

——一体、俺にどこから手をつけろっていうんだ。

それが、この事件に対する正直な気持ちだった。なんの発展もないままに、年が明けていた。

しかし、ケビンが諦めに似た感情を持ち始めたとき、事件は急に新たな展開を見せた。

今朝になって、彼は仕事のパートナーであるアンディー・ジョンソンからある資料を渡されたのであった。

それはプリントアウトされた、五百人近い名前のリストだった。

「何だ、これ?」

それは名前だけが無造作に並ぶ紙の束だった。それをざっと眺めて、ケビンはパートナーであるアンディーにリストを突き返した。

「名簿かもしれない。例の児童ポルノの会員のさ」

アンディーが得意そうな笑みを浮かべている。

「どこで手に入れた?」

例の匿名の手紙の主の存在がケビンの脳裏に浮かんだ。

「今朝方、また匿名で送ってきたのさ。消印はシアトル。指紋も何もない。ただ、同じようにプリントアウトされたメモが入っていて、『何かの役に立つかもしれない』と書いてあった」

アンディーはあくまでも得意顔を崩さない。まるで、その名前のリストを見つけたのは自分だと言っているようだった。

「アンディー」

長い名前のリストをもう一度眺めて、ケビンがアンディーを見た。

「何だい？」

「ここに書かれているのは名前だけだ。それも、ファーストネームだけだったり、ラストネームだけだったりするものもある。第一、これが今調べている児童ポルノと本当に関係しているのかどうかも分からない」

経験のあまりない若いパートナーを見つめて、ケビンが言った。

「うん、確かにそうだ」

アンディーの笑みが少しだけ消えた。

「これだけじゃ……情報はないのと一緒だ」

ケビンが溜め息を吐いた。

「しかしさ、ケビン」

「何だ？」

「これで、しばらくはその机にしがみついていることもなくなるじゃないか」

二十代半ばの、童顔のアンディーが悪戯っ子のような笑みを浮かべる。

「どういうことだ？」

「そのリストが本物かどうか洗い出して、歩いて捜査する。ケビンの得意とするところじゃないか」

あっさり言ってのけたアンディーと、目の前の膨大な名前のリストを見ながらケビンはもう一度大きな溜め息を吐き、頭を抱えたのだった。

――一体、俺にどこから手をつけろっていうんだ……。

「ケビン、一番内線に電話よ」

開けられたドアから、同じ課の捜査官の一人であるジェシカ・ブラウンが顔を覗かせて言った。

「誰？」

　ケビンがドアに向かって言う。

「奥様じゃないかしら？　なんだか急いでいるみたいよ」

「ありがとう、ジェシカ。ああ、アンディー、このリストの洗い出しは君にも手伝ってもらうからな」

　受話器を上げて、内線のボタンを押しながら、ケビンがアンディーを睨みつけた。

「もちろんさ。コピーを取ったから、早速調べてくるよ」

　そう言って、オフィスを出て行くアンディーに手を上げて、もしもし、と受話器の相手に話しかけた。

「ああ、ケビン。仕事中にごめんなさいね」

　電話の主はやはり舞子であった。

「何かあったの？」

　舞子は余程のことがないと、ケビンの勤務中に電話をかけてくることはない。まさか、ジョウに何かあったのかと、ケビンは少し不安になる。

「例の女の子が亡くなった件で、お兄ちゃんのほうのカウンセリングを引き受けた話はしたでしょう？」

「ああ、あのスノクォールミーの事件だね」

　息子のジョウのことではないと分かり、ケビンは心の中でほっとしていた。

「実はね、明日からそのスノクォールミーの別荘まで通うことになったのよ。ジョウが学校から帰るまでには戻ってこられそうだったし、特に問題もないと思って引き受けたのよ。それがね、大変なことを忘れていたの」

舞子の慌てているのが、受話器を通して伝わってきた。

「大変なことって？」

「ジョウは、今週の木曜日と金曜日は、学校が休みなのよ」

「でも、冬休みが終わったばかりだぞ。また休みなのか？」

この辺りの小学校はとにかく休みが多い。俺もそのくらい休みをもらいたいものだと、ケビンは思った。

「公立小学校のキンダークラスは特に休みが多いのよね。教師会とかで、ジョウの学年はお休み。クリスマス前に休みを取るつもりで考えていたのだけれど、すっかり忘れていたの。ねえケビン、今週休めないわよね？」

無理を承知で、一応聞いてみるか、という舞子の気配が受話器の向こうから伝わってくる。

舞子が急な休みを取れないのだから、現在捜査中の事件を担当している刑事が休めないことくらいは承知しているのだろう。

「悪いけど、今やってる事件がちょっと忙しくなりそうなんだ。とても今週は休みを取れそうにないな」

そう言ってから、受話器の向こうの途方に暮れる舞子の顔が見えるようで、ケビンは少しだけ罪悪感を感じた。ジョウの世話は、殆ど舞子に任せっきりだ。たまには自分の仕事を削ってでも、舞子の代わりをしたいのはやまやまだった。

「そうよねえ……やっぱり無理よね。分かってはいたんだけど、聞いてみようかなって思っただけだから。忙しいところごめんなさいね」

初めから答えを予測していたのか、舞子は案外開き直った明るい口調で言った。

「でも、ジョウを見てくれる人がいないとなると……どこか当てはあるの？　君は休めないいんだろう？」

休みは取れないけれど、舞子がどうするのかということは気になった。

「仕方がないから連れて行くわ。カイルは一年生で、ジョウの一学年上なのよ。案外同じくらいの年の子供と遊ぶことで、気も紛れるかもしれないし。なんとかなるわよ」

楽天家の舞子らしい解決策だった。

「おいおい、まだ解決していない殺人事件の現場だぞ。ジョウを連れて行ったりして大丈夫なのか？」

舞子とは正反対の心配性のケビンが不安そうに尋ねた。

「あら、わたしが行くのは平気なのに、ジョウが行くことには反対なの？」

舞子が意地悪な言い方をした。

「いや、そういうわけじゃないんだが……。本当に連れて行って大丈夫なのか？」

舞子の切り返しに、ケビンの歯切れが悪くなった。

「なんとかなるわよ。あなたは心配しないで、お仕事頑張って。今日も遅くなるんでしょう？　夜はみなさんと何かちゃんとしたものを食べるといいわ。じゃあね」

それだけ言って、ケビンが次の言葉を継ぐ前に電話は切られた。

――やれやれ……。

頼みごとをしたかと思えば、いつも自分でさっさと解決してしまう。逞しいというか、頼もしいというか。なんとなくケビンは取り残されたような焦燥感を持ちながら、受話器を置いた。

――それでも……俺にはこっちの問題がある。

ケビンは、先ほどアンディーから渡された、名簿をもう一度読み返した。

「ん？　これは……」

ケビンの目が、ある一つの名前の上で止まった。そして、名簿を手に立ち上がると、オフィスを飛び出し、彼の足は殺人捜査課へと向かった。

「よおケビン、久しぶりじゃないか。インターネットの事件を担当しているんだって？」

ケビンが殺人課のドアを開けると、ヒスパニック系のマーカスが声をかけた。

「ああ、マーカス。ちょっと聞きたいことがあるんだが……」

ケビンとは同期のマーカスを見て、早速ケビンが切り出した。

「ケビンが殺人課に質問とは珍しいな。何だい？」

普段、自分の課にこもりっきりで仕事をしているケビンに対して、友人ならではの嫌味を込めて、マーカスが笑みを浮かべた。

「ほら、あのスノクォールミーの事件、うちでも捜査員が行ってるんじゃないのか？」

「ああ。俺ともう一人、応援に行っている。何せ、スノクォールミー市警は小さいからな。殺人事件になると、人手が足りない。今回の事件もすぐに応援に呼ばれたさ。それがどうした？」

「聞きたいことはいくつかあるんだが……。殺された少女の死因は何だ？」

マーカスが担当と聞いて、ケビンは胸の中で手を打った。聞きたい情報が面倒なく得られるに違いない。

「窒息死だ。顔全体を、何かで塞がれたために、息が出来なくなったみたいだな。他に直接の死因となるような外傷は見つからなかった」

長年の付き合いの、それも同じ職場の捜査員にはマーカスも情報を漏らすことに抵抗はないようだった。

「窒息死か……」

ケビンが僅かに期待はずれの感を持たせて呟いた。

「なんだか、窒息死じゃもの足りないみたいだな」

マーカスが、ケビンをからかうように言った。

「そうじゃないんだが……。解剖の結果、他に気になるような点はなかったのか？　例えば、レイプの痕跡とか……」

マーカスの顔色が変わった。

「お前、何を知ってる？」

「いや、この事件に関しては知らないことばかりさ。その顔色を見ると、何かあるな。教えてくれないか？」

マーカスの慌てたような気配を即座に読み取り、ケビンが突っ込んだ。

「何を調べているのか知らないが……。まあいい。お前と俺の仲だ。でも外に漏らすなよ」

マーカスが声を潜める。

「分かった。約束する」

ケビンは側にあった椅子を引き寄せ、マーカスの前に腰を下ろした。

「どこで嗅ぎつけてきたのかは知らないが、お前の言うとおり、殺された少女には、虐待を受けているような痕があった。性的虐待だ。でも、死因とは何も関係はない」

同じ年齢の娘を持つマーカスが吐き捨てるように言った。子供が被害者の事件は、親として複雑な心境になるのは、ケビンも同じである。マーカスの気持ちを汲み取り、ケビンもやり切れない気持ちになった。

「やっぱりそうか……。で、容疑者は挙がっているのか?」

「確固たる証拠はないが、容疑者は挙がっている。少女の兄貴についていた家庭教師だ。証拠がないから、強くは出られない。被害者の家族がまた、セレブの事情とやらで、実は捜査も難航している」

マーカスは苦々しそうにそう答えると、ふて腐れた表情で天井を見上げた。

セレブと殺人事件といえば、一九九四年に起こった、O・J・シンプソンのケースが記憶に新しい。O・J・シンプソンは、一九七〇年代に、NFL(ナショナル・フットボール・リーグ)でランニングバックとして活躍した黒人のフットボール選手で、引退後はハリウッドに転向し、映画にも出演した俳優である。

一九九四年六月、シンプソンは、彼の元妻、ニコール・ブラウン・シンプソンとその恋人、ロナルド・ゴールドマンを、ロサンゼルスにあったニコールの自宅で殺害したとする容疑で、ロサンゼルス市警より求められた任意出頭を無視して、フリーウェイで警察隊とのカーチェイスを繰り広げ、逮捕された。シンプソン逮捕は全米に衝撃をもたらし、センセーショナルな事件として、連日テレビのワイドショーやタブロイド紙を賑わしたが、その裏で、警察は苦戦を強いられた。

シンプソンは指折りの有能弁護士をかき集め、無実を主張。ロサンゼルス市警察殺人課の刑事、マーク・ファーマンを中心に、殺害容疑を裏付ける数々の証拠が提出されたにもかかわらず、結局、人種差別、過剰捜査、証拠捏造などを理由に、一九九五年、彼は無罪判決を勝ち取った。一九九七年に、その判決を不服としたゴールドマンの父親が、不法死亡を訴える民事裁判をシンプソンを相手に起こし、彼は有罪判決を受けたが、殺人の罪で刑に服することなく、この事件は幕を閉じた。

アメリカ社会が、金と権威で簡単に法律さえも曲げられるという暗愚な一面を晒すことになった事件である。

「セレブって……被害者の家族はそんなに金持ちなのか？」

言ってしまってから、被害者とその兄が、舞子の勤める私立小学校に通っていたことを思い出した。

「ああ。父親のスティーブ・ベイカーは、大手コンピューターソフトウェア会社の重役だ。こういう事件が表沙汰になるのは困るんだろう」

マーカスは面白くなさそうに言った。確かにこの国に蔓延《はびこ》る、金持ちの特権、それも殺人事件のような大きな犯罪に対する彼らの秘密主義は、捜査をするものにとっては厄介以外の何ものでもない。

「スティーブ・ベイカーか。家庭教師の名前は?」

「ジョシュア・ウィリアム。ワシントン大学の大学院生だ」

手元にあった資料を確認しながらマーカスが言った。

「サンクス、マーカス。捜査のほう、しっかり頑張れよ」

それだけ言うと、ケビンは踵を返し、扉の方へ向かった。

「おい、ケビン。聞きたいことはそれだけか?」

出て行くケビンに呆気に取られたマーカスが彼の背中に向かって叫んだ。

「ああ。今のところはそれで充分さ。また顔を出すかもしれないから、そのときにはよろしく」

「おい、こっちも情報を提供したんだ。何を調べているのか知らないが、俺の事件に役立つことが分かったら、教えてくれよ」

「分かってるさ」

扉を閉めて、ケビンは手に握っていた名前のリストをもう一度見直した。

——ここから、何か掴めるかもしれない。

名簿を畳んで胸のポケットに入れ、ケビンは急ぎ足で特別犯罪捜査課へ戻っていった。

3

「レイプされてたって言うの?」

大声で言ってしまってから、舞子は傍に息子のジョウがいないかどうかを確認した。幸い彼はリビングのカウチに座って、クリスマスにもらったゲームに夢中で、舞子の声には気がつかなかったようだ。

「そうらしいわ。直接の死因は窒息死らしいんだけどね、身体にあちこち虐待されたような痕があったらしいのよ」

電話の相手は可奈だった。舞子が息子と二人、夕食を済ませてのんびりとしていたところにかかってきた電話だった。

「でも、そんな情報……どこから聞いてきたの?」

驚きと一緒に、可奈が一体誰からそのような話を聞いてきたのか、ただの噂ではないのかという思いが、舞子の胸の中で重なっていた。

「この間、ほら、サラのお葬式の日、わたしお医者のインターンとお寿司食べに行ったじゃない?」

「ああ、確かそんなこと言ってたわね」

「彼ね、面白い奴かと思ったら、全然つまんないのよ。まったく、ママに甘えて勉強ばっかりしてきた人ってこんな感じなのかなって、頭にきたわ」

可奈の怒りんぼうが始まった。可奈は怒り出すと、何の話をしていたのか思い出せなくなるところがある。

「可奈さんが、怖い顔してたから、何を話していいか困ったんじゃないの?」

知っていながら、ついつい可奈に合わせてしまう舞子だった。

「そんなことないわよ。あっちがもじもじしてるから、もうちょっとしゃんとすれば、って言っただけよ」

最初のデートで怒りんぼうの可奈にそういうことを言われて、怒ったり、怖気づいたりしない男はそうそういないだろうと、舞子はおかしくなった。

「で？　そう言われて、彼帰っちゃったの？　それとも可奈さん、彼を置いて帰ったの？」

これまでの可奈の男性遍歴を見ればあり得ることである。

「帰らないわよっ。高いお寿司が沢山残ってたもの。医者のくせに、セコイのよねっ」

それは可奈だって同じだろうと舞子は心の中で笑ったが、口には出さずにいた。友人でも、可奈が怒ると怖いのだ。

「お寿司が美味しかったのなら、つまらない相手でもまあ大目に見てあげなくちゃね。で、可奈さん、さっきの続き」

間違って怒りの矛先が自分に向かないうちに、舞子は話を元に戻した。

「あれ？　何の話をしてたんだっけ？……ああ、そうそう殺人事件の話ね。彼がね、あんまり話題がないから、じゃあ最近の仕事の話をしなさいよ、って言ってやったのよ。まったく、問題を出してやらないと答えを見つけられないなんて、受験生と一緒じゃない？」

余程面白くない相手だったのだろう。可奈はまだ怒っている。

「そんなに言ったら、可哀想よ。可奈さんの見た目と中身のギャップに驚いてたんじゃないの、彼？」

言ってしまってから、しまったと舞子は思った。

「それ、どういうこと？」

案の定、怒りの風向きが舞子のほうへ向かってきた。

「ど、どういうことでもないわよ。それで彼、仕事の話をしてくれたの?」

こちらに火の粉が降りかかる前に話を進める。

「初めはね、こんな場所でする話じゃないですからとか何とか言ってたんだけど、なんでもいいわよって言ったら話し始めたわ」

「それが、サラに関することだったのね?」

「そうなのよ。あなたにお葬式の話を聞いた後だったでしょう。もうびっくりしちゃったわ。だって彼、インターンの仕事で、その子の司法解剖に立ち会ったって言うんだもの」

驚いたのは舞子も同じであった。可奈の交友関係は、本人も覚えていられないくらい広く、実に様々な人種であったり、色んな経歴や職種のものたちばかりである。司法解剖に立ち会うような医者に知り合いがいても、別に驚くことではないのだが、偶然とは言え改めて可奈のネットワークの大きさに舞子は感心するのだった。

「それで、サラが性的虐待を受けてたような痕があったと彼が言ってたの?」

舞子は言葉にしながら、愛くるしかったサラの顔を思い出し、胸を締め付けられる思いだった。

「直接の死因はさっきも言ったと思うけど、顔全体を何かで覆われて、鼻と口を塞がれたための窒息死ね。でも、身体のあちこちに痣があったり、あと長期にわたる性的虐待を受けていたような痕跡もあったらしいわ。あんな小さな子供を相手に、ひどい話だわ」

受話器の向こうの可奈の憤りの混じった溜め息が聞こえた。

「立ち会った彼が言うのだから、きっと本当なんでしょうね。でも、そんなひどい話って……あんまりだわ……」

舞子は言葉を失った。

「あなた、同じ学校で働いているのに、虐待を受けているとか、そういう話を聞いたことはなかったの？」

舞子を責めるような口調ではなく、不思議だと言わんばかりの感じで可奈が尋ねた。

「サラは、昨年の九月に入学したばかりのキンダークラスの生徒だし、コンテストやレッスンでお休みが多くて、殆ど学校へも来てなかったみたいだから……」

教師として、子供の事情を知らなかったことを責められたわけではなかったが、舞子は少々言い訳じみた言い方になった。

「それに、きっとあなたのところのようなお金持ちの子供ばかりが通ってる学校って、そういう話は歓迎されないし、家族のほうだって、口が固いんじゃないの？」

可奈が少しだけ皮肉を込めた言い方をした。

「それ、どういう意味？」

可奈のその言い方に、舞子は少々ムッとした。が、確かにそうだ、と舞子は思った。舞子の勤める学校に通ってくる生徒たちは、確かにワシントン州でもかなり裕福な家庭の子供ばかりだ。

宗教関係ではない学校のため、運営は高い授業料と、家族や家族が勤める会社関係の寄付金で行われていると言っていい。教師も全米からトップクラスの人間ばかりを集めている。普通の大学を出て、経験も浅かった舞子が就職出来たのは不思議なくらいであった。

そして、可奈の言うとおり、家庭のプライベートなことは、学校の内外に関わらず、話題にされることはタブーであることは、暗黙の了解のようなものだった。

「ちょっとね、気になったから、わたしのほうでも色々事件について調べたり、わたしなりに考えてみたのよ。まず一番気になったのは、この事件のことが新聞にも取り上げられていないこと。小さなスノクォールミーの事件とはいえ、これは殺人事件だわ。シアトル・タイムズはおろか、スノクォールミーのローカル新聞にも何も書かれていないなんて、圧力がかかっているとしか思えないわ。そして、これは知り合いのキング署の捜査官に聞いたのだけど、事情聴取も家宅捜査も出来ない状態だって担当が嘆いているって言っていたわ。まあ、その辺りは、進んでいても口止めされていて教えてくれなかったのかもしれないけれど、それにしても娘が殺されたというのに、自分の名誉を守るためだかなんだか知らないけれど、メディアはともかく、警察の捜査にも協力しないなんて、何かあるって思わないほうがおかしいじゃない」

また自分とはまったく関係のない相手に、可奈は怒りを顕わにしはじめた。

「わたし、何も知らなかったわ。あなたが言うように、学校ではこのことは話題に出してはいけないことになっているし、ニュースも見ないし……。そうね。確かに事件の後新聞で見た覚えがないわ。うん、やっぱり少し変よね」

舞子も可奈に同意した。初めて事件のことを告げられたとき、知らなかったのはニュースを見ないせいだとばかり思っていたが、実際はそういう圧力がかかり、報道されていなかったのだと、舞子は思った。

「あなた、ダンナがキング署の刑事なのに、何も聞いてないの？　彼なら事件のこと、知ってるんじゃないの？」

可奈が呆れたような声で言った。

「ケビンは、特別犯罪課の刑事だから、殺人事件はやらないの。それに、彼は家では仕事のことはジョウもいるから殆ど話さないのよ。今、なんだか難しい事件を担当しているみたいだし、他の課の事件のことなんて、あまり知らないんじゃないかしら。知ってると思うけど、キング署って大きいのよ。色んな事件の捜査してるから、余程のことがない限り、横との繋がりは殆どないと思うわ」

舞子が説明した。

「ふうん、そんなものなのね」

可奈も納得したようである。

「それで、気になる点って、何？」

「うん、その医者の彼の話によると、遺体と一緒に送られてきた現場検証の内容によると、周りに争った様子も、着衣の乱れもなく、本当に綺麗な状態で、仰向けに寝かせられていたらしいわ。死斑の様子、死後硬直の状態から、死亡時間は大晦日の午後十一時から、午前一時の間に絞られたみたい。その場で殺されたか、殺されてすぐ、移動させられたかのどちらかだろうということだったわ。それにね……」

可奈が続きを言おうとしたところで、舞子は玄関が開けられる音を聞いた。

「ああ、ケビンが帰ってきたみたいだわ」

時計を見ると九時を回っている。定時よりは遅い帰宅だ。

「わたしと、事件の話してたら怒られちゃうわね。何しろ、この前の事件のこと、あなたのダンナまだ根に持ってるからね」

可奈が笑った。舞子が可奈と知り合うきっかけとなったのは、舞子が巻き込まれたある事件だった。そのとき、結局可奈に助けられる結果になったのだが、ケビンと事件捜査のことで衝突してしまい、それ以来ケビンは舞子が可奈と友人であることを認めてはいても、よい顔はしなかった。可奈に言わせると、男のくせに根に持つなんて見苦しい、ということになるらしいのだが。

「そうね。続きはまた今度聞かせてちょうだいね。でも明日カイルのカウンセリングに行く前に、聞いておいて良かったわ。ありがとう」

「そう、明日からカウンセリングなのね。何か気がついた点があったら教えてよ」

「え？　どうして？」

「わたし、この事件に興味持ったわ。もうちょっと調べてみる。じゃあ、またね」

「か、可奈さん？」

舞子が言う前に、電話はすでに切られていた。

――やれやれ。

もう一つの可奈の顔が姿を現したと、舞子はまた自分が関わっている事件だけに、重い溜め息を吐いた。


ジョウを寝かせて、舞子がリビングへ戻ると、ケビンがカウチでビールを飲みながら車の雑誌を読んでいた。

「ジョウ、寝たのか？」

舞子が立っているのに気づいたケビンが顔を上げた。

「まだゲームしたいって、文句言いながらだけどね、ベッドには入れたわよ」

冷蔵庫から取り出したビールの蓋を開けながらケビンの隣のソファーに、舞子が座る。

「小学校へ行きだしてから、急に色々自分の要求を言うようになったな」

ケビンが笑った。

「そうね。そのうちわたしの言うことなんて聞かなくなるわ」

そう言って舞子は半分ほどビールを一気に飲み干した。

「ケビン、ちょっと訊いてもいい？」

探りを入れるような目で、舞子がケビンを見た。先ほどの可奈との会話の後から、ずっとスノクォールミーの事件のことを聞いてみたくて、ジョウが寝るまで舞子は落ち着かなかったのだ。

「何？」

ケビンが雑誌をコーヒーテーブルに置いて、舞子を見た。

「あの事件のことなんだけどね、キング署も関わっているんでしょう？　あなたも色々知っているの？」

舞子はいきなり切り出した。

「聞いてはいるけど、僕の管轄ではないからね。あまり知らないな」

ケビンは曖昧な答え方をした。

「サラ、顔を塞がれて窒息して亡くなったんですってね。それに、虐待されてたかもしれないって……」

舞子が言いにくそうに口にした。

「そんなこと、誰に聞いたんだ?」

ケビンの顔色が少しだけ変わった。この事件の詳しいことはメディアにも、学校にも殆ど漏れていないはずである。

「えっと……知り合いにね、今日ちょっと聞いたのよ」

ここで可奈の名前が出ると面倒だと舞子が言葉を濁す。

「ああ、またあの失礼な名前の彼女だな」

ところがケビンはそれを察して、舞子を睨んだ。

失礼な名前――ケビンが可奈のことをそう呼ぶのには理由があった。可奈の苗字は福戸。「ふくと」と読む。ローマ字に直すと、FUKUTO。これを見ただけでは、日本人には何のことであるか分からないかもしれないが、英語を話すものに読ませると、FUK‐U‐TO――つまり「ファック・ユー・トゥー(くそったれ!)」という読み方をされてしまうのだ。可奈の場合、名前も態度も失礼なのだと、ケビンは言うのだった。

「そんな呼び方をするほうが失礼だと思うけど……まあいいわ。そうよ。さっき彼女と電話で話してて、そのことを聞いたのよ」

ばれてしまったものは仕方ない。舞子は開き直った。

「うちの署では、マーカスが応援で捜査に加わっている。だから今日、少し話を聞いたけれど、僕も詳しいことは知らない。でも、マイコが聞いたように、被害者の身体には性的虐待を受けたような痕跡があったことは事実らしいね」

ケビンも、舞子が情報を可奈から仕入れてきたと聞いて、観念したようである。気に食わない可奈でも、彼女の交友関係の広さ、情報量の多さだけは認めざるを得ないのだ。

「やっぱりそうなのね。で、犯人はまだ捕まらないの？　彼女が言っていたけれど、この事件はメディアにも取り上げられていないし、事件のことが殆ど表沙汰になっていないって。捜査、難航しているの？」

「セレブはなかなか口が固いからね、事情聴取も思うようにいかないらしい。マーカスが嘆いていたよ」

新たに冷蔵庫から出してきたビールをボトルから直接飲みながら、ケビンが笑った。

「彼も相変わらず大変ね。ある程度知名度のある人たちの秘密主義みたいなものは、彼女にも指摘されたわ。どうして、同じ学校にいるわたしがそういうことを知らないのかって、言われちゃったもの。確かに、うちの学校ではそんな話はタブーよね。学校は教育をする場であって、家庭のことには一切関係しないでくれっていう雰囲気だもの」

舞子は先ほどの可奈の言葉を思い出し、溜め息を吐いた。

「彼女は、何かまた企んでるんじゃないだろうな？」

ケビンが唐突に言った。

「どうかしら？　彼女、この事件に興味を持ったみたいよ。自分なりに調べてみるって言ってたわ。そうね、何か企んでいるのかもしれないわね」

ケビンの不安を感じ取って、舞子がニヤリと笑った。

「おいおい、冗談だろう？　彼女が出てくると、事件が引っ掻き回されるからな。せめて、うちの署の管轄の事件には首を突っ込むなと言っておいてくれ」

ケビンが困惑を顕わにする。

「自分で言ったら？　ついでにそろそろ仲直りすればいいのに」

「よしてくれ。君が彼女と友達だというだけで、こっちは気が気じゃないんだから」

どうやらケビンは、本気でまだ可奈のことを根に持っているようである。

「さて……わたし明日スノクォールミーまで運転しなくちゃいけないし、朝も早いから先に寝るわ」

舞子が立ち上がり、ケビンの額にキスをした。

「マイコ」

部屋を出て行く舞子の背中に、ケビンが呼びかけた。

「え？」

「気をつけるんだぞ。まだ何も解決していない殺人事件の現場に行くんだ。何があるか分からない。でも、もし何かあったら、すぐに電話するんだ。マーカスでもいい。分かったね？」

ケビンの顔は真剣だった。

「大丈夫よ。心配しないで」

舞子が明るい微笑みをかける。

「ああ、それから、僕は明後日から出張に行く。週末には帰れると思うけれど」

二階へ上がる舞子の背中に、ケビンが思い出したように言った。

「あら、遠くへ行くの？」

舞子が足を止め振り返って尋ねる。

「カリフォルニアだ」

突如決まった出張だった。

「そう……忙しそうね。気をつけていってらっしゃい」

ケビンが捜査のために家を空けるのは珍しいことではない。舞子はそれだけ言うと、二階の寝室へと消えて行った。

4

スノクォールミーで与えられている、ベイカー家の別荘の離れの自室で、ジョシュアはコンピューターの前に座っていた。

事件から十日、警察は何も言ってこない。ただ、事件の翌日、最初に現場へ来たキートン警官から、事件が解決するまではスノクォールミーを離れないようにと言われていたから、大学院の冬期のセッションが始まったというのに、ジョシュアはシアトルへ戻ることが出来ずにいた。

大学院のほうは特に重要な講義があるわけではなかったし、どうしても聴講しなければいけない講義や、出席しなければいけないディスカッションの場合は、インターネットで間に合う。幸い今は課題の論文を書き上げることくらいで、スノクォールミーのこの別荘に足止めを食わされていても何の問題もなかった。

ただ、コンピューターのスクリーンに開かれたファイルは、昨年暮れに書いたところから一行も進んではいなかった。朝からかれこれ四、五時間、キーボードに触れることもなく、ジョシュアはじっと座っていたのである。そして時々、ふと思い出したように一人で笑ったり泣いたりを繰り返していた。

――こんなときに論文なんて、僕は何をしているんだ。

ジョシュアは自嘲した。

――僕は疑われているんだぞ。殺人の容疑で、いつ警察が僕を捕まえにきてもおかしくない状況にあるのに、大学院の課題なんて、何を考えてるんだ。でも……。

ふと不安と疑問が込み上げる。

警察は何故何も言ってこないのだろう。あれから十日も経つというのに、任意同行どころか、事情聴取さえもされていない。あの警官と一度話しただけだ。あのとき、あの警官が僕を重要参考人だと考えたのは間違いない。あの状況で、疑わないほうがおかしい。それなのに……何故？

そして、その不安と疑問は、苛立ちと、静かな怒りへと形を変えていく。ジョシュアは膝の上で拳を握りしめていた。

それに、これでは軟禁状態ではないか。スティーブと愛子は、葬式があるといって、すぐにシアトルへ戻っていったというのに、僕だけがこんな形で、状況も分からないまま閉じ込められているというのはどういうことなんだ。そして、あの二人……自分の娘が殺されたというのに、警察のこの対応に何も文句はないのだろうか。

——サラが殺されたというのに……。

突然、つーっと一筋の涙がジョシュアの目から零れ落ち、握りしめた拳の上に落ちた。その瞬間、ジョシュアの怒りが、激しい悲しみへと変わった。

——嗚呼……サラが死んでしまうなんて……。あの純真で、美しい少女が死んでしまうなんて、信じられない。あの輝くような笑顔が、僕の前から消えてしまうなんて……。

——僕は……。

溢れだした涙は止まらず、肩を震わせながら、ジョシュアは嗚咽を上げ始める。

——僕は、サラの側にいるだけでよかった。あの子の近くにいるだけで……。

サラ……僕の大切なサラ。

次々と押し寄せてくる、様々な感情の波に流されながら、ジョシュアは悲しみという波が引いてしまうまで、ひたすら声を上げて、子供のように泣きじゃくっていた。

ひとしきり感情の波と戦ったあと、ジョシュアはスクリーンの論文のファイルを閉じ、Eメールのファイルを開けた。他にすることが思い浮かばなかったからだ。受信されたメールは、ジョシュア本人宛のものはなく、所謂スパムとかジャンク・メールと呼ばれるダイレクト・メールばかりだった。

インターネットで処方箋なしで買える医薬品、住宅ローンの案内、通信講座の案内など、ジョシュアとは関係のない、相手を選ばないメールばかりの中で、ジョシュアの目に留まったメールが一件だけあった。

それは児童ポルノに関するメーリングリストへの案内だった。

ジョシュアがざっと内容に目を通し、印刷して、それを机の抽斗にしまい、受信された全てのジャンクメールを削除したとき、外で車の乗り入れられる音が聞こえた。

――アイコかスティーブがシアトルから戻ったか……？

ジョシュアが窓の外を見ると、見たことのない赤いグランド・ジープ・チェロキーがドライブウェイに停まり、東洋人の小柄な女が開かれた運転席のドアから出てきた。

――誰だろう？

見知らぬ訪問者に不安を感じながら、ジョシュアはさっとカーテンを閉じた。


「生憎、両親ともシアトルに戻っておりますので、わたしがお話しすることになりますが……」

カイルのカウンセリングに訪れた舞子を迎えたローラは、少々申し訳なさそうに言った。

「ご両親とは、サラのお葬式でお会いしました。わたしがここへ来ることは、了解を得ているようですし、一向に構いませんよ」

通されたリビングの椅子を勧められ、腰を下ろした舞子は、そう言いながら、実際のところほっとしていた。

サラの葬式で会った、スティーブと愛子と話をすることは、あの葬式で感じた違和感が自分勝手な偏見と分かっているものの、なんとなく気が重かったのである。

「コーヒーをどうぞ」

突然綺麗な発音の日本語で話しかけられて、驚いた舞子が振り向くと、ローラがコーヒーカップを二つ載せたトレイを手にして立っていた。

「日本語が、話せるんですか」

「はい。わたしの父は日系のアメリカ人ですが、母は日本人です。父も、しばらく日本に住んでいたことがあり、日本語が喋れましたので、わたしは日本語で育てられました。最近では殆ど使わなくなってしまいましたので、どんどん下手くそになってますけれどね」

少し照れたような微笑を浮かべて、ローラは運んできたコーヒーを舞子の前に置いてから、自分も腰をかけながら言った。

ローラは、事件とカイルの世話との疲れのせいか、少しだけ疲れているように見えたが、四十代半ばくらいのローラの柔らかい笑顔に、舞子は好感を持った。それはただ単に、ローラが日本人の顔をして、日本語を話すからだけではなく、彼女から滲み出る、人を包み込むような優しさを、舞子は感じていた。

「実は……」

コーヒーを一口啜ってから、舞子が意を決したようにローラを見た。

「なんでしょう?」

突然襟を正して、切り出した舞子に、ローラも緊張の色を見せた。

「あの……カイルに会う前に、知っていただいていたほうがいいと思うので言いますが、実はわたしはこういったケースのカウンセリングをするのは初めてなんです。わたしは普段、障害児や発達障害を持つ子供のカウンセリングとケアをしています。だから正直に言ってしまえば、専門分野がまるで違います。はっきり申し上げて、どのように進めていけばいいのか、決めかねている状態です。本校の校長より任命されて来ましたが、どこまでお役に立てるかどうか、自信がないんです」

舞子は一気に捲くし立てた。自分が不安に思うことは、その都度言っておかないと気が済まないのが、舞子の性格である。しかし、仕事を始める前に自分の弱点を見せるのは、この国ではタブーである。言ってしまってから、しまったと後悔した舞子は、それをコーヒーと一緒に飲み込んで、恐る恐るローラを見た。

「そんなことを心配されてたの？」

舞子の想像とは反対に、ローラは悪戯を正直に打ち明けた子供に接する母親のように、クスリと笑った。

「いえ……はい……すみません。最初に言っておいたほうがいいかと思って、つい……。後でボロが出るよりはいいかなと……」

舞子は言葉を途切れさせながら、冷や汗をかいていた。

「ミセス・ライカーは正直なんですね。でもね、心配されることはないんですよ。あなたが、子供の心理学や、カウンセリングの専門でないことは、校長先生から聞いています。それでも、と無理にお願いしたのは実はわたしなんですよ」

ローラが思いがけないことを言った。

「それはどういうことですか」

「ミセス・ライカーが、ちゃんと自分のことを話してくれるから、わたしも正直に言ったほうがいいですね。実は、校長先生に事件の後すぐにカウンセリングのお願いの電話を差し上げたのはわたしなのです。こんなことを言って、誤解をされては困るのですが、カイルは生まれたときからわたしが殆ど面倒を見ています。カイルが生まれてからすぐ、母親の体調が良くなかったせいもありますが、次の年またすぐにサラが生まれて、アイコはサラに付きっ切りになってしまったのです。わたしはハイスクール時代、彼女のベビーシッターをしていた頃からの知り合いでしたし、わたしは独身で子供もいませんから、彼女もわたしならと、カイルを任せる気になったのだと思います。アイコとは姉妹のようなものですから申し上げますが、彼女は子供のようなところがあります。自分の興味のあること、大切なことには本当に一生懸命にやる人なのですが、子育てのこと、特にカイルのこととなると、彼女は殆ど無関心なのです。サラがコンテストに出たり、ダンスや歌のレッスンを始めてからは、カイルのことはまるで目に入らないような状態でした。ですから、今回の事件が起こった後、まず気がかりだったのはカイルのことでした。それで、いち早く校長先生にご相談して、カウンセリングの手配をお願いしたのです。特に今はサラのことで、アイコの精神状態も健康とは言えませんし、カイルのことはわたしが守らなければと思ったのです」

そう話したローラの目は、サラの葬儀で会った愛子のものよりも母親らしいと感じながらも、彼女の真剣な眼差しに舞子は少々圧倒されていた。

「それに……」

コーヒーを一口飲んで、ローラが続けた。

「日本人の先生がいることはカイルから聞いていました。だから、校長先生にそれとなくミセス・ライカに来ていただけないかというようなことも打診したのです。これは、あなたがどんな方なのか興味があったからなんですけれどね」

気圧され気味の舞子に気がついたように、ローラはニコリと微笑み、「だからあなたが心配することは何もないんですよ」と付け加えた。

「そうでしたか。少しだけ安心しました。……あら、カイル？」

扉のないリビングの先にある、吹き抜けの階段の真ん中当たりでじっと自分を見ていた少年に、やっと気づいた舞子が声をかけた。声をかけられた少年は、階段を降りてきて恥ずかしそうにローラの傍らに立ち、こくりと頷いた。


少し伸びた栗色のストレートの前髪の下に見える、切れ長の二重の目が愛子によく似ていて、とても綺麗な顔だと舞子は思った。ただ、サラの大人びた顔とは異なり、はにかんだようなその顔は、七歳の少年のものだった。

「こんにちは。今日からしばらくここへカイルに会いにくることになったのよ。元気そうね」

普段教室で顔を合わせることはなくても、生徒の顔は一応把握している舞子は親しみを込めて言った。

「ボクが学校へ行かないから？」

カイルの顔に不安の翳がよぎった。

「うーん、そういうことじゃなくて……病気でお休みしたことは仕方がないもの。わたしが来たのは、これまで休んでいた間の学校の様子を報告したり、今クラスで習っていることを教えてあげたりすることになったからなの。カイルもお家でずっと一人じゃ寂しいでしょう？　お友達の様子なんか知りたくない？」

「うーん、分からない。でも、勉強はジョシュアが教えてくれるから……」

「ジョシュア？」

「か、彼は、ずっとカイルの家庭教師をしている大学院生で……。ただ、今回のことで……」

慌てて口を挟んだローラの語尾が詰まった。

「ああ、彼はジョシュアというのね。そうかぁ、カイルにはちゃんと勉強を教えてくれる先生がいるのね。じゃあわたしは、カイルと遊びに来ることにするわ」

事情を察した舞子が、冗談めいた調子でカイルに微笑みかけて言った。

「先生が、遊ぶの？」

カイルが心から驚いたというような顔をしてみせた。

「つまらないかな？」

「……つまらなくはないけれど……」

「実はね、明後日わたしの息子を連れてこようかと思っているの。ジョウっていうのよ。今、五歳。一緒に遊ぶお友達がいたら、つまらなくないかな？」

戸惑っているカイルを見て、帰る間際にでもローラに聞くつもりでいた、息子のジョウの同伴を舞子が口にしたとき、カイルの顔が少しだけ和らいだように見えた。

「ジョウはゲームが好き？」

「うん、大好きよ」

「一緒に遊んでもいいの？」

「もちろんよ」

「ミセス・ライカーの子供も一緒に来るんだって」

隣のローラに、ジョウが嬉しそうに言い、ローラも「よかったわね」と笑みを見せた。

「すみません。勝手に息子を連れてくることにしてしまって」

カイルにしばらくの間、学校の様子を話したり、課題のプリントを一緒に仕上げたりした後、帰り際に舞子は先ほどのことをローラに詫びた。

「いいえ、あなたに息子さんがいらっしゃるとは知りませんでしたが、同じくらいの年の男の子と遊べることになって、カイルも喜んでます。わたしと二人で、ずっと退屈していたみたいですし、大歓迎です」

「そう言っていただけると、幸いです。明後日はどうしても、息子の面倒を見てくれる人がいなかったものですから」

舞子が正直に理由を告げた。

「母親が仕事を持つことは大変ですよね。あなたは偉いわ」

「いえ、そんな……いつも咄嗟の判断で、周りに迷惑をかけてばかりで……」

舞子は照れくさそうに肩を竦めてみせた。

「実は、あなたがこのカウンセリングのことを、こういうふうに進めてくれることになって、感謝しているんです」

「それは、どういう……？」

「正直に言いますが、カイルはサラの死を認識していないようなのです。事件の後、高熱が続いて、起き上がった頃には母親も父親もシアトルへ戻った後で、カイルはサラがアイコと、また出かけたと思っています。いつまでもというわけにはいかないことは分かっていますが、しばらくはこのまま黙っていたほうがいいのではないかと、思うのですが……」

同意を求めるような、ローラの言葉に舞子も頷いた。

「この年齢の子供に、死を教えることは難しいです。少しだけカイルと話してみて、様子が変だとは思いましたが、そういうことなら納得できます。分かりました。しばらくこのまま、サラのことには触れずに、様子を見ることにしましょう」

「ありがとうございます」

自分だけが抱えていた問題を、ようやく舞子に吐き出すことで、ローラの顔に安堵の色があらわれた。

5

木曜日、約束どおり息子のジョウを連れて舞子がスノクォールミーを訪れると、ローラが昼食を用意して待っていた。

子供たちのために、俵結びにしたおにぎりと、タコの形をしたウィンナーソーセージ、ウサギの耳を模《かたど》ったリンゴなど、舞子には懐かしい、子供の頃母親に作ってもらったお弁当とよく似ていた。舞子がそういうローラに告げると、ローラの母親もよくこういうお弁当を作って、学校に持たせてくれたのだと言った。

「でもね、当時はそれがとても恥ずかしかったんですよ。だって、周りの友人たちはみんな、紙袋にサンドイッチと、丸ごとのリンゴとか、そういう簡単なランチを持ってきてましたから、みんなの目が気になって、お弁当箱を開けるのが嫌だったんです。今思うと、母は、毎朝他の母親よりも早起きをして、時間をかけてお弁当を作ってくれたんですけれど。でも、こうやって子供たちのために作ってみると、母は結構自分が楽しくて作っていたんじゃないかって思うんですよ」

ローラは自分の子供時代を思い出すかのように、二人の少年を見て、目を細めた。

可愛らしいお弁当を囲んで、外でピクニックでもしたい雰囲気だったが、生憎山間部にある一月のスノクォールミーの気温は氷点下を優に超えていたため、別荘の裏側にあるサンルームのテーブルで昼食をということになった。透明なガラスに囲まれたそこには、太陽の光だけが差し込み、ポカポカと暖かかった。子供たちはローラの作った弁当に、それぞれ歓声を上げながら全部平らげ、外の凍てつく寒さも、ここで殺人が行われたという恐ろしい事実も、一瞬忘れさせるような空間だった。

ひとときの、和やかな昼食会を済ませると、舞子は二階にあるカイルの部屋で、カイルと課題のプリントを済ませ、その間ジョウにはアルファベットの練習をさせてから、三人でいくつかのボードゲームで遊んだ後、子供二人を部屋へ残して、一階のリビングへ降りてきた。

「カイルの、あんな楽しそうな顔は久しぶりに見ました。あなたがジョウを連れてきてくれたおかげですね」

淡い緑色のカップに、生クリームを浮かべたコーヒーを舞子の前のテーブルに置きながら、ローラが言った。

「いいえ、こちらこそ、お昼をご馳走様でした。いつもあんなに手の込んだものを作ってあげることがないので、ジョウもとても喜んだみたいです」

忙しさを理由にして、ローラが言っていた紙袋に突っ込んだサンドイッチとリンゴの、いつもの舞子が持たせるジョウのランチを思い出しながら、彼女は反省の意味も込めて言った。

「わたしの母は……」

コーヒーを一口啜ってから、サンルームのガラスの向こうの樹々を眺めながら、ローラがふと言った。

「母は、日本の短大を卒業してから、父と結婚するために、言葉もよく分からないアメリカに来たんです。当時の日本で、短大を卒業したあとは、どこでも好きなところに就職することも出来たはずなのに、母は父との生活を選びました。もちろん、こちらで仕事が見つかるはずもなく、母のそれからの人生は、専業主婦と、子育てだけのものでした。親しい友人もいなかったと思います。そのせいもあってか、母は一人っ子のわたしをとても可愛がってくれました。毎日、学校から帰ると、手作りのおやつを囲んで、学校での一日をいつまでも楽しそうに聞いてくれました。夕方になると一緒に買い物に行き、夕飯の支度を手伝いながら、母から日本の話を聞いたり、日本の料理を習ったりもしました」

ローラは遠い子供時代を懐かしむように目を細めた。

「でもね、成長するとともに、母はなんて退屈な人生を送っているんだろうという思いも感じたりもしたんですよ。彼女の世界は父とわたしとの三人だけの家の中だけだったんですから。でも、今考えると、そういうふうに両親の愛情を受けて育てられたわたしは幸せだったと思います。この国に、そういう子供、そういう子供時代を送った大人はどのくらいいるんだろうって、そう思うんですよ」

ローラは、もう一口コーヒーを啜って続けた。

「わたしは、結婚もしませんでしたが、カイルの世話をするようになって、サラとカイルの成長を見ていて、特にそれを感じるようになりました。サラは、アイコが付きっ切りで、色んな習い事をさせたり、綺麗に着飾ったり、手をかけているようには見えましたが、どこか違うような気がしたのです。カイルのことは先日お話ししたように、殆どわたしに任せきりのような状態ですし、彼女には母親としての何かが欠けているような気がして仕方がないのです」

ローラの悲し気な瞳が訴えるように舞子を見つめる。

「ミセス・ベイカーのご両親はどんな方だったのですか?」

舞子はふと、愛子がどのような子供時代を送ったのかが気になり尋ねた。

「彼女の両親は、日系二世で、父親は海軍兵で、長い間海外に駐屯したり、海へ出ていたりすることが多くて、あまり家にはいない方でした。母親はとても綺麗な方で、学校の先生をしながらアイコを育てていました。彼女は小さな頃から、バレエを習っていて、将来はバレリーナにするのだと、母親も一生懸命になっていましたね。母親によく似て、彼女もとても可愛らしかったのですが、当時は東洋人ということで、なかなかプリマになるのは難しかったみたいです……」

人種差別は現代のアメリカでもまだ根強く残っている。愛子の子供時代といえば、三十年程前だろう。マーチン・ルーサー・キング・ジュニアによる公民権運動の後とはいえ、状況は今と比べてはるかに厳しかったに違いない。

「今でもそういう差別は残っているけれど、当時はもっと厳しかったのでしょうね」

「そうだと思います。彼女が十六歳のとき、練習の無理がたたって、怪我をしてしまったのです。それで、バレエの道は絶たれてしまって、その上、その後すぐ母親を事故で亡くしました」

「事故？ ミセス・ベイカーのお母様は亡くなったのですか？」

「交通事故です。轢き逃げだったのですが、とうとう犯人は分からず仕舞いでした」

「それで……その後彼女は……？」

「彼女のお父様はその頃、海外の基地に駐留していたので、彼女が高校を卒業するまで、わたしの両親が引き取ることになりました。高校を卒業した年に、お父様が海軍を退官されてシアトルへ戻ってこられたのですが、彼女は家には帰らずに、一人暮らしを始めて、仕事をしながらカレッジに通いましたが、当時の彼女は何か人生を諦めてしまったようなところがあって荒れていましたね。ドラッグにも手を出していた時期もありました」

ローラの口から語られる愛子の生い立ちは不幸の連続で、舞子の見たあの美しい女性からは想像がつかなかった。

「ミスター・ベイカーとは、いつ頃結婚されたのですか?」

一度会っただけの愛子の波乱の人生を舞子はもっと聞いてみたかった。

「スティーブとの結婚はもっとずっと後です。アイコは一度結婚してから、すぐに離婚をしたので、スティーブとの結婚は二度目になります。それでも、結婚してから十年くらいにはなるのではないでしょうか」


その時突然二階で、どすんという何かが倒れたような大きな音がして、舞子とローラは立ち上がり、顔を見合わせた。

「何かあったのでしょうか?」

「行ってみましょう」


二人が階段を駆け上がり、カイルの部屋の扉を開けると、そこにはベッドの横で、肩で息をして仁王立ちのジョウと、床に尻餅をついて、顔を血だらけにしているカイルの姿があった。

「一体何があったの?」

最初に声を出したのは舞子のほうだった。その声に弾かれたように、ローラはカイルに駆け寄り、血まみれの顔を拭い、その血がどこから流れているのかを確認した。

「鼻血と……ああ、口の中も切ってるみたい。傷はたいしたことなさそうだけど……カイル、一体何があったの?」

大量の血に慌てたローラも、カイルの怪我が想像よりも大したことがないと分かり、落ち着きを取り戻し、カイルに尋ねた。

「ジョウが、ボクを殴って、蹴飛ばしたんだ」

喋ると傷が痛むのか、カイルは顔を引きつらせて、涙目になっている。

「ジョウっ、どうしてこんなことをしたの?」

息子が、友達に怪我をさせたと分かり、舞子の声は大きくなり、震えていた。しかし、ジョウは下を向いたまま両手を握りしめ、黙っているばかりだ。

「黙っていては、分からないでしょう? カイルに怪我させたのよ。ジョウ、カイルに謝りなさい」

舞子がそう言っても、ジョウは微塵も動くことはなく、口は固く閉ざされたままだった。

「ジョウ、どうして……」

舞子がジョウの肩に手をかけたその瞬間、ジョウは舞子の手を振り払い、カイルの部屋を飛び出していった。玄関の扉が開かれる音が聞こえたため、舞子がカイルの部屋の窓に駆け寄り外を見下ろすと、ジョウがちょうど舞子のジープ・チェロキーの後部座席に乗り込むのが見えた。

「カイル、ごめんなさいね。大丈夫?」

窓から離れた舞子がカイルの隣にしゃがんで謝った。

「仲良く遊んでいても、男の子だから、何かお互い気に入らないことがあって、喧嘩になったんでしょう。怪我も大したことないみたいですし、気になさらないで」

ローラがカイルを抱え上げながら言った。

「でも……怪我をさせておいて、謝りもしないで……あの子、まったくどうしちゃったのかしら……」

普段とまったく違う様子の息子に、舞子は動揺を隠しきれなかった。

「今日は、ジョウのことも気になるし、カイルも興奮しているみたいだから、帰られたほうがいいわ。お家で、話を聞いてあげてください」

いつも舞子が生徒の親に対して使うような言葉が、ローラのほうから出た。

「……本当に、申し訳ありませんでした。家で、よく話しておきます。本当に、ごめんなさい」

舞子は頭を下げ、カイルに、また明日ねと言って、部屋を出ていった。

スノクォールミーからの車の中でも、舞子が何を聞いてもジョウは一言も話さなかった。舞子が、自分の息子が生徒に怪我をさせてしまったこと、その後のジョウの態度に苛立ちを感じたことも手伝い、声を荒げてしまったことも、ジョウを頑ななままにさせた原因かもしれなかった。舞子は初めて、息子との距離を感じ、家へ戻ると何も言わずに部屋へ引き込んでしまったジョウに取り残された気分になり、居たたまれなくなり、気がつくと可奈へ電話をかけていた。

「余程気に入らないことがあったんじゃないの？」

電話の向こうの可奈が言った。

「それにしても、あれから一言も話さないのよ。あんなジョウ、初めて見た。今までお友達とちょっとした喧嘩をすることはあっても、怪我をさせるなんてことなかったもの」

舞子の声は沈んでいた。

「相手の男の子――カイルって言ったっけ？その子は何て言ってるの？」

「怪我は、見た目よりも大したことはなかったんだけれど、出血で驚いたんでしょうね、ジョウに顔を殴られて、蹴飛ばされたっていうことしか分からないの。それまで仲良く遊んでいたのに、何があったのかしら……」

「まあ子供の喧嘩だから、原因なんて大人が想像出来ない、つまらないことだと思うけど、ジョウにもそれだけの理由があったんじゃないかな」

可奈が落ち着いた声で言った。

「でも、どうしてわたしにも何も言わないのかしら。なんだか、ジョウとのあいだに隔たりが出来てしまった気がして、ショックだわ、わたし」

今日の小さな事件で、舞子はすっかり参っていた。自分が問題を抱えてみて初めて、親の動揺というものを体験していた。それとともに、ローラや可奈の、第三者の、全てを分かったような落ち着いた態度に苛立ちを感じてもいた。そして、これまで生徒の親に対して、自分はこういう嫌味とも取れる冷静な態度で接してきたのだろうかと、舞子はぼんやりと考え、情けなくなってしまった。

「それで、明日はどうするの？」

ふいに可奈が言った。

「明日？」

「あなた、明日もカイルのところへ行くんでしょう？　ジョウも連れて行くの？」

「まさか、連れて行けるわけないでしょう。明日は、お休みにしてもらおうと思う」

舞子自身も、今日のことの後では、スノクォールミーに行くのは気が引けていたのだ。

「カイルの怪我のことも気になるでしょうし、行かなかったら余計に気まずいわよ。ねえ、明日ジョウをうちに置いていきなさいよ」

「可奈さんのところに?」

舞子の予想だにしなかった可奈の提案だった。しかし、ジョウは可奈によくなついている。

「あなたが仕事を休んで家にいたら、ジョウだって息が詰まるわよ。あなただって、ついつい何か言いたくなるだろうし、苛々もするでしょう。お互い頭を冷やすためにも、そうしなさいよ」

「可奈さん、仕事は?」

「今週はずっと、あの事件のこと調べたり、好きなことしたりしてるから時間は沢山あるのよ。ジョウと遊ぶのも久しぶりだし、そうしなさいよ」

可奈はどうやら仕事を受けず、趣味である探偵まがいの調査をしていたようである。

「じゃあ、お願いしようかしら」

「そういうことで決まりね。それじゃあ明日」

電話を切った後、舞子は、可奈にならジョウも何か話すかもしれないと思った。舞子が気が滅入ったり、気になることがあったりするとすぐ可奈の部屋へ行ったり、電話をかけてしまうように、可奈には、人を話したくさせるような雰囲気があるのを舞子は知っていたからだ。

明かりの消えたジョウの部屋のドアをそっと開けると、ジョウはベッドできちんと掛け布団の中に納まってすやすやと眠っていた。一人でパジャマに着替えて、脱いだ服も脱衣籠の中へ入れて、母親と一言も口も利かずに、夕飯も食べずに黙って寝てしまった息子の寝顔を部屋の外から眺めながら、舞子は自分が置き去りにされてしまったような気がして悲しかった。息子との距離にいたたまれなくなった舞子は、そのままそっと部屋の扉を閉め、誰もいないリビングのカウチに沈み込むようにして仰向けに横たわり、天井を眺めた。

こういう日に限って、夫のケビンは今担当している事件の捜査で出張に出ていて、家を空けている。家族を持ってから長いことと感じることのなかった孤独感と戦いながら、舞子はいつまでも天井を睨みつけていた。

6

一月十三日、金曜日。シアトル郊外にある、高級住宅が立ち並ぶマーサーアイランドの中でも、ひと際目立つ高い塀に囲まれた門から、一台のジャガーがゆっくりと滑るように走り出し、東方面へ向かう高速道路インターステート90の方向へ走っている。

運転席の女は、携帯電話をハンドバッグの中から器用に取り出して、電話をかけていた。

「わたしよ」

運転する前方を見ながら女が言った。

「アイコ！　今まで、どうして何も言ってこなかったんだ」

電話の向こうの、憤ったジョシュアの声が聞こえた。

「わたしだって、忙しかったのよ。それに、殺人事件の重要参考人のあなたに、電話なんてそうそうかけられるわけないじゃないの」

愛子の声は極めて落ち着いて、冷ややかだ。

「それより……頼んでいたこと……。あれはやってくれたんだろうな」

ジョシュアの声が一段低くなった。

「やったわよ。誰も彼もがわたしに用事を言いつけるから、忙しくてしょうがないわ」

愛子の声はあくまで冷たい。

「僕には色々分からないことばかりなんだ。君にだって聞きたいことがある。これまでの間、僕がどんな想いで過ごしていたと思うんだ」

冷静な愛子とは反対に、ジョシュアの声は切羽詰まっていた。

「スティーブに頼まれて、スノクォールミーの別荘にあるものを取りに行くことになったの。まったく、そんなものローラに送らせれば済むことなのに、急ぎのものらしくて……」

「そのためだけに、こっちに来るつもりになったのか？」

ジョシュアの声が一段下がった。

「どういうこと？」

「君は、僕に何か言わなければいけないことがあるんじゃないのか？　いや、僕のことはどうでもいい。あれから君はカイルを放ったらかしにして、一体どういうつもりなんだ」

ジョシュアの憤りが受話器を通して伝わってきた。

「カイルは、ローラが面倒を見ているから大丈夫よ。わたしだって、サラがああいうことになって、悲しんでいるのよ。他のことになんて構っていられないわ」

愛子はあくまで表情も、声音も変わらない乾いた声で運転を続けながら答えた。

「君は……どうしていつもそうなんだ？　どうして自分のことしか考えられないんだ」

受話器の向こうから、ジョシュアの溜め息が聞こえた。

「そういう言い方をしないで。そんなことを言われるために電話したんじゃないわ。わたしにだって、話したいことがあるの。もうそちらへ向かっているわ。道も混んでいないから、あと三十分くらいでそちらに着くから、また後で」

ジョシュアの返事を待たずに、愛子は電話を切り、針葉樹林に覆われたカスケード山脈を切り崩して作られた、まっすぐに続くフリーウェイを走り続けた。


「ママに反抗して、口利いてないんだってね、ジョウ」

コーヒーテーブルを挟んだ向かい側の椅子に座り、無言でポータブルのゲームを続けるジョウに、可奈が話しかけた。

ジョウは一瞬ゲームの手を止めて、上目遣いで可奈を一瞥したが、何も答えず、再びその目をゲームの液晶へと移した。

ジョウのそんな態度に、表情も変えずに、可奈はコーヒーテーブルの上の、ラップトップの蓋を開け、電源を入れた。横にあった大きな紙コップに入ったコーヒーは、今朝舞子が可奈のコンドミニアムの一階にあるコーヒーショップから買ってきたものだった。ジョウには子供用のホット・チョコレートを置いていった。今朝ジョウを連れてきたときの舞子も、あまり元気がなく、じゃあよろしく、と言っただけで、さっさとスノクォールミーへと出かけていった。

そして今、二人残された可奈の部屋で聞こえる音と言えば、ジョウの遊んでいるゲームの機械的な単調なＭＩＤＩの音色と、可奈が使っているラップトップのハードディスクの音だけだった。

防音設備がしっかりしている可奈の部屋には、ダウンタウンの車のクラクションも、港に着く船の汽笛も、フリーウェイの騒音も届いてはこない。

「ママ……もうカイルの家に着いたかな?」

長い静寂を最初に破ったのはジョウのほうだった。ラップトップのモニターの向こうの可奈の視線がジョウへ注がれた。

「昨日、ボクがカイルに怪我させたこと、ママから聞いてるんでしょう?」

「ちょっとはね。でも、ジョウが何も言わないから、ママもよく分からないって言ってたわ」

キーボードを打つ手を止めて、ジョウをまっすぐに見つめながら可奈は答えた。

「いっぱい血が出たんだよ、カイル」

ジョウもゲームのスイッチを切り、それをテーブルの上に置いた。

「そうだってね。でも、ジョウにもそれだけのことをする理由があったんじゃないの?」

「そうなんだけど……でもママはボクがカイルに、ひどい怪我をさせたから怒ってると思う。謝りなさいって言われたのに、謝らなかったから……あんなに沢山血が出て、ボク、びっくりして、それから……ボク……ボクも……」

カイルの目から涙が零れた。

「ジョウが負った怪我には、ママは気がつかなかったんだね」

おもむろに立ち上がった可奈がジョウの隣に座り、彼の頭にそっと手を置く。細くやわらかな前髪が白い額にかかる。

「え？」

ジョウが、よく分からない、というような顔をして可奈を見上げた。

「見えない怪我。怪我にはね、カイルみたいに血が沢山出て、誰からでもひと目で分かる外側の怪我と、他の人には見えない内側の怪我があるんだよ。昨日、君とカイルが喧嘩をして、君のママが部屋に来たとき、沢山血を出して、すぐに分かる外側の怪我をしているカイルに気がついて、ママは君に謝りなさいって言った。本当は、そんなひどい怪我をさせるには、それなりの理由があったのに、一方的に謝れって言われて、それでジョウは腹を立てたんじゃないの？　違う？」

「よく、分からない……」

ジョウは父親似の茶色の瞳で、可奈を見つめる。

「君のママとローラが見たのは、怪我をしていない君と、怪我をしているカイルだけ。その前に二人の間に何があったのかは全く分からない。でも、君には君なりの理由があって、本当はママが部屋に入ってきたとき、一番最初に君に、『大丈夫？』って聞いてほしかったんじゃないの？」

ジョウは、黙ったまま微かに頷いた。

「何があったのかは、わたしも知らないし、教えてくれなくてもいいけれど、ママだって君が理由もなくカイルに怪我させたなんて思ってないのよ。ジョウは理由もなく、友達に怪我させる子供じゃないって言ってたもの」

「本当？」

「本当だよ。でもね、友達に血が出るくらいの怪我をさせたらやっぱり謝らなくちゃ。男の子なんだからさ。それに、昨日一言も口を利かなかったことで、君のママだって傷ついていると思う」

「うん」

ジョウは素直に頷いたが、その顔はまだ何かを考えているようだった。

「もうカイルのことは嫌い？」

そんなジョウの顔を見ながら、可奈が訊いた。

「ううん、嫌いじゃないよ。一緒に遊んで楽しかった」

ジョウの顔に少しだけ笑みが漏れた
「じゃあさ、謝りにいこう」

ラップトップの蓋を閉めて、可奈が立ち上がって言った。

「え？　これから行くの？」

「天気もいいし、スノクォールミーまでドライブしよう」

「スパイダーに乗れるの？」

ジョウの顔が明るくなった。スパイダーとは、可奈のトヨタＭＲ２スパイダーのことで、ジョウはこの車の助手席に乗るのを、とても気に入っていたのである。

「そう、スパイダーを飛ばして行こう」

可奈の提案に、喜んだジョウの顔には、先ほどまでの沈んだ表情は微塵もなくなっていた。

寒いから嫌だと言う可奈の反対を押し切り、黒いカンバス地の幌を下ろした黄色のスパイダーに乗ってのドライブで、ジョウはすっかり機嫌を直した様子だ。ガラリとしたフリーウェイを頭上の澄んだ空の蒼と、延々と続く針葉樹の緑に囲まれて、車は流れるように疾走し、東へと向かった。

スノクォールミーのベイカー家の別荘のリビングでは、カイルと舞子がゲームをしていた。昨日息子のジョウに怪我をさせられたカイルの頬は、青黒い痣ができ、唇の端は見事に腫れ上がっており、ひどく痛々しかった。顔の傷とは裏腹に、明るいカイルの態度も余計に舞子を落ち込ませていた。そんな舞子の様子にローラは、見た目よりも傷は大したことないからと、恐縮したように気遣った。

「ねえ、ミセス・ライカー」

ゲームの途中で、突然手を止めたカイルが舞子を見上げていた。

「なあに?」

「嘘を吐くのは悪いことだよね?」

いきなりそう尋ねられた舞子は、カイルの言っている意味がよく分からずに返事に戸惑った。

「そうね。嘘を吐くのはよくないわ。でもカイル、どうしてそんなことを……」

とそのとき、外で車の音が聞こえた。

「あっ、マミーだ」

舞子の答えを待たず、突然カイルが立ち上がり、ドライブウェイが見える窓の方へ駆け寄って行った。

舞子も立ち上がり、カイルの隣に立ち外を見ると、ワインカラーのジャガーの運転席から愛子が降りてくるところだった。カイルは車の音だけで、愛子と判断したに違いないと、舞子は感心した。

「あっ、ジョシュアがいる……」

カイルが顔を向けた方向へ舞子が目をやると、離れから青年が一人愛子へ向かって駆け出してきた。二人は何か言い争っている様子だったが、突然青年は愛子の腕を掴むと、自分の出てきた離れへと彼女を連れて行ってしまった。

「あれがジョシュアなの？」

不安げな顔で、誰もいなくなったドライブウェイを見つめているカイルに舞子が声をかけた。

「うん……。でも、ジョシュアがここにいるなんて、ボク知らなかった。てっきり、シアトルに帰ってしまってたんだと思ってた。ここにいたのに、何故ボクに会いに来てくれなかったんだろう……それに……ジョシュアの顔、怖かったね。ママもなんだか怒ってるみたいだったよね。どうしたのかな……」

そう舞子に問いかけたカイルの顔にはますます不安の色が広がっていた。


十分ほどして、離れから一人で帰ってきた愛子の様子は、極めて普通だった。カイルとローラに、ただいま、と言ってカイルの額にキスをした。

「あら、先生？　こんなところで何をしてらっしゃるの？」

一緒にいた舞子に気づいた愛子が、不思議そうに尋ねた。

「わたしが……カイルの勉強のことも気になるから、学校にお願いして先生に来ていただいてるの」

返事に戸惑っていた舞子の代わりにローラが

答えた。

「そう。こんなに遠くまで、先生も大変ね」

愛子のその言葉には、何の感慨も含まれてはいなかった。

「ねえ、マミー」

カイルが愛子の隣に立って言った。

「なあに?」

「サラは? サラは一緒じゃないの? もうシカゴから帰ってきたんでしょう? シアトルに置いてきちゃったの? サラが帰ってきてるのなら、ボクもシアトルに帰りたいよ。あっ……」

言い終える前に、突然カイルの小さな身体が弓なりになり、彼は床に尻餅をついた。愛子がいきなり彼を突き飛ばしたのだ。カイルは、突然の出来事に、目を丸くして愛子を見つめている。そのつぶらな瞳には、微かな恐怖の色が浮かんでいる。

「アイコっ、何をするのっ」

カイルに駆け寄り、ローラが立ち上がるのを助けながら叫んだ。

「この子、一体何を言ってるの? サラが帰ってきたですって? シカゴに行ったですって? そんなこと言うなんて、わたしに何か恨みでもあるの? どうして、そんな馬鹿なことを言うのよっ。サラがいるわけないじゃないっ。あの子は死んだのよっ」

愛子は肩を震わせ、怒りに満ちた目でカイルとローラを睨みながらそう捲くし立てると、踵を返して部屋を出て行った。その後すぐに、彼女の部屋の扉を閉めるバタンという大きな音が聞こえた。

ローラに支えられて、カウチに座ったカイルは、しゃくりあげて泣きじゃくっていた。そんなカイルの様子に、舞子もローラもかける言葉がなかった。

「どうして、マミーはあんなに怒ったの？　ボクが悪いことを言ったから？　それに、サラがいないって、どういうこと？　サラは……サラは死んじゃったの？」

涙の溢れた目で、カイルはローラに尋ねた。そんなカイルを見て、舞子の目にも涙が浮かんだ。

「カイル……」

ローラが言いかけたその瞬間、突然ドーンという家全体を揺らす轟音が響き渡り、三人は飛び上がった。何かが爆発したような音だ。

「今のは一体……？」

舞子とローラはお互いの顔を見合わせた。

「離れのほうから聞こえたみたいだけれど……」

「行ってみましょう！」

ローラが玄関へ行きかけるのを舞子が止めた。

「待って。ローラは、ここに居てください。カイルがいるから、誰か一緒にいてあげないと……」

「ミセス・ライカー、でも一人でなんて……」

ローラが心配そうに言った。

「大丈夫。外からちょっと中を窺ってみるだけです。わたしが見に行っている間に、警察に連絡をしてください。それからここにも電話をして、殺人課のマーカスに繋いでもらってください」

舞子は、キング署の電話番号をローラに渡して、一人で外へ出て行った。

　離れへと向かった舞子は、玄関の方へは行かずに家の横へ回って、窓から家の中を窺った。一つ目の窓からはキッチンと、リビングが見えたが、誰の姿も見えない。二つ目の窓はベッドルームらしかった。植木で半分隠れるようになっている窓から中を覗き込んだ舞子は、ひっと乾いた悲鳴とあげると、両手で口を押さえ、その場にしゃがみこんでしまった。

　舞子が覗いた部屋の真ん中にあるベッドの上に、ベッドの縁から足を投げ出すようにして、ジョシュアが仰向けに倒れていた。ただ、舞子がそれをジョシュアだと分かったのは、先ほど見た彼の洋服と同じだったからであった。仰向けになったその身体には、首から上がなく、壁に、天井にと至るところに、夥《おびただ》しい血と、肉片が飛び散っていた。そして、だらりと垂れ下がったその足元には、散弾銃が転がっていた。

　舞子は口を塞いだまま、その場に座り込み、動けなくなってしまった。

「だ、誰か……ジョシュアが……」

　あまりのショックで、助けを呼ぼうにも声にならない。意識が遠ざかりそうになるのを押さえるように、舞子は震えながら、渇いた悲鳴を上げ続けた。

7

「今、遠くでパーンっていう音がしたね」

　スパイダーの助手席のジョウが、可奈を見て言った。

「銃声みたいだったね。誰かが狩りでもしてるのかな」

　フリーウェイをスノクォールミーの出口で降りて、可奈の運転する車は、新興住宅地を抜けて、樹々に囲まれた閑静な丘の傾斜を登っていた。

　昨今スノクォールミーはシアトルに仕事を持つ人々のベッドタウンとして、次から次へと新しい住宅が建ち始めている。道路は新しく広く舗装され、ショッピングモールも建設され、以前の静かさを失いつつあった。それでも、その一角を抜けると、昔ながらのダウンタウン、使われることがなくなった蒸気機関車の並ぶ線路、全米一の高さを誇るスノクォールミー滝、町のすぐ横に聳え立つカスケード山脈の岩肌と、まだまだ自然を沢山残した穏やかな町である。秋から冬にかけ、鹿狩りをするハンターたちも、ここへやってくる。

「あ、危ないっ」

　ジョウのナビゲーターを頼りに、ベイカー邸へ向かう山道を運転していた可奈が突然大きな声をあげた。

　舗装されていない脇道から、一台の大型四輪駆動の車がバックで可奈の運転していた道路へ出てきて、危うくスパイダーの横腹に激突するところだったのだ。このような田舎道を何台も車が通るはずがないとタカをくくっていたのか、四輪駆動のその車はかなりのスピードでバックしてきたが、可奈の鳴らしたクラクションに急ブレーキを踏み、惨事を逃れることが出来た。

「ああ、びっくりした。ジョウ大丈夫だった?」

　運転を続けながら、可奈がジョウを横目で見ながら尋ねた。

「大丈夫だよ。あっ、そこのドライブウェイを右だよ」

前方を指差して、ジョウがベイカー邸への入り口を可奈に教えた。

「オーケー。さて、ママに会いに行こうか」

可奈が右のウィンカーを出しながらハンドルを切った。


可奈がジョウの指示した道にスパイダーを乗り入れると、針葉樹に囲まれた広大な敷地に、二軒の家が建っているのが見えた。一軒は二階建てのクリーム色をしたモダンな造りの建物で、別荘と呼ぶには大きすぎるくらいで、車が三台は納まりそうなガレージがついている。そして、少し離れた場所に、小さな平屋のゲストハウスがあった。

「あっちの大きい方の家だよ」

ジョウが指差した家のガレージの前に、見慣れた赤いグランド・ジープ・チェロキーが停めてある。可奈はドライブウェイを進み、舞子の車の後ろに駐車した。

エンジンを止め、助手席に座るジョウのシートベルトを外すのを手伝いながら、可奈は別荘の敷地と、建物の正面に目をやった。庭の隅の針葉樹の陰になっている地面には、大晦日に降った雪が、まだ僅かに残っている。フロントドアに続くパティオは地面より少し高く作られていて、そこからだと、ガレージの窓が、ちょうど子供の背丈ほどの高さにある。冬の間は使わないのか、パティオに置かれたテーブルとガーデンチェアには、ビニールのシートが掛けられている。

「カナ、降りないの？」

　車内から家の前を観察していた可奈の袖を、退屈したジョウが引っぱっている。と、そのとき遠くの方からサイレンの音が聞こえ始めた。音は次第に可奈たちの方へ近づき、やがて赤と青のライトを点滅させたパトカーが、敷地内へ乗り入れ、可奈のスパイダーの後ろに停まった。

「カナ、パトカーだよ」

　助手席のジョウが不安そうに隣の可奈を見た。

「スピード違反を捕まえに来たわけじゃなさそうだけど、何かあったのかな？」

　運転席に座ったまま、バックミラーで降りてくる警官を見ながら、可奈が呟いた。

　パトカーから降りてきた制服の警官は、スノクォールミー署のキートンだった。

「君たちはここで何をしているの？」

　キートンはオープンカーの横に立ち止まって、可奈とジョウを交互に見下ろしながら、不審そうに尋ねた。

「わたしたちは、ここの人に会いにきただけです。お巡りさんこそ、サイレンを鳴らして、何かあったのですか？」

「ここの住人の知り合いか。銃声がしたという通報があったものだからね、来てみたんだが。何か聞いたかい？」

　怖い顔に似合わず、キートン警官は人懐っこい性格らしく、可奈に対して極めて友好的な態度だった。

「わたしたちも今着いたばかりだから……でもそういえば、ここへ来る途中、銃声を聞いたわ。あれはこの家からのものだったの？」

「そうらしいね。まあ確認してみないことには分からないけれど……」

「ママっ」

キートンが可奈と話をしている間に、車を降りたジョウが、離れの方からフラフラと蒼ざめた顔で歩いてくる舞子を見つけて叫んだ。

「ジョウ…可奈さん……。あなたたち、一体どうしてここに?」

飛びついてきたジョウを抱きとめて、倒れそうになりながら舞子が二人を見た。そして可奈の横に立つ制服姿のキートンに目を止めると、ほっとした表情をした。

「パトカーの音が聞こえたから出てきたんだけど……。お巡りさん、あの離れのベッドルームでジョシュアが死んでいます。窓から中を確認してきました」

「なんだって⁉　銃声が聞こえたと言っていたが、彼は殺されたのか?」

キートンが動揺を顕わにした。

「分かりません。ジョシュアはベッドから足を投げ出す形で仰向けに倒れています。足元に散弾銃が転がっていました。部屋の中は、血が……血が飛び散って……」

そこまで言って、舞子は声を震わせた。へなへなとその場に倒れそうになるのを可奈が支える。

「離れで、他に誰か見ませんでしたか?」

舞子は首を横に振った。

「そうですか。現場を確認しに行きたいが、その前にキング署にも連絡を入れておいたほうがいいな……」

キートンが肩に掛かった無線に手をかけた。

「キング郡警察署のマーカス刑事にはもう連絡が入っていると思います」

舞子がキートンを見上げて言った。

「どうしてその名前を？　それにあなたは一体誰なんだ？」

キートンが驚いた声を上げた。

「わたしの夫はキング署の特別犯罪課のライカーです。わたしはシアトルの私立小学校の職員で、ここへはご長男のカイルのカウンセラーとしてシアトルから来ていたところでした。マーカス刑事がここの事件の担当だと夫から聞いていました。それに何かあったら、一番に彼に連絡するようにとも言われていましたので」

「そうでしたか。そうとは知らずに失礼。しかし、死人が出たとなると、鑑識にも来てもらわないといけないいな」

そう言うと、キートンは掛け直した無線をもう一度手に取り、応援を要請した。

「それではわたしはこれから離れに行きますが、あなたは息子さんもいるし、母屋で待っていてください。」

「わたしも一緒に行くわ」

可奈がニコリと笑って張り切って言った。

「君は？」

キートンが疑わしげに尋ねる。

「マーカス刑事と仕事をしたことがある人間です」

得意気な可奈の態度に反論する力は舞子にはなかった。

「警察関係の人か。なら助かる。一緒に来て下さい」

先を歩くキートンの後ろを可奈は嬉々として

離れへついて行った。

「ミセス・ライカー、一体何が起こったのですか?」

ジョウを連れて舞子が母屋に戻ると、ローラが不安な顔をして待っていた。リビングのカウチには、カイルに代わり愛子が座っている。

「離れで、ジョシュアが死んでいました。今、スノクォールミー署の警察官と、わたしの友人が離れを見に行っています」

舞子がそう言うと、ローラが口を手に当てて息を呑んだ。愛子も、その報告に驚愕の表情で舞子を見つめたが、二人とも言葉が出ない様子だった。

「キング署には連絡は取れましたか?」

舞子がローラに尋ねた。

「ええ、あなたの名前を告げたら、すぐにマーカス刑事に繋いでくれて、彼もこちらへすぐに向かうということでした。それからその後、シアトルにいるスティーブのオフィスにも連絡しましたので、彼も間もなくここへ来ると思います」

「よかった。あとは警察に任せましょう」

ようやく肩の荷を降ろせた舞子は、気力が全身から抜けたように、倒れこむようにして、リビングの椅子に深く腰を下ろした。

「離れには……鍵がないと入れないわよ」

それまでずっと黙っていた愛子が口を開いた。

「この家も、離れも、オートロックになっていて、外からはカードキーを使わないと扉が開かないようになっているの。お巡りさんとあなたのお友達、今頃離れの外で困ってるんじゃないかしら。ローラ、鍵を届けてあげてくれない?」

愛子の言葉にローラが頷いて、キッチンのカウンターにあったマスターキーを持って、外へ出ていった。

「先生も、こんな事件に巻き込まれて大変ね」

愛子が舞子を見て言った。彼女の声には、どこか他人事のような響きがあり、その目は笑っているようでもあった。そんな愛子の様子に、舞子は何も答えられずにいた。

「ジョシュアは殺されたのかしら。それとも罪の意識に自殺したのかもしれないわね」

「それは、どういうことですか?」

愛子の言葉に、驚いた舞子が訊き返した。

「だって、彼がサラを殺したのだもの。罰が当たったのよ。いい気味だわ」

そう言いながら、おかしそうに含み笑いをする愛子の異様な雰囲気を、舞子は息を呑んで見つめた。


「あ、鍵が来たみたいよ」

母屋のほうから駆けてくるローラをみとめて、可奈が離れの扉をあちこち触っているキートンの背中を叩いた。

「これがないと、開かないと思って持ってきました」

そう言いながら、走って息を切らしたローラがカードキーをキートンに差し出した。

「これはどうも。今取りに行こうかと思っていたところだったのです」

そう言ったキートンを見て、可奈がクスリと笑った。今まで、扉に鍵穴がないのにどうして鍵が掛かっているんだ、などと言いながら、扉と奮闘していたキートンを見ていたからである。

「良かったわね。これで中に入れるわ。ほら、ここに差し込むのよ」

カードキーを受け取っても、それを裏表とひっくり返したりしながらもたもたしているキートンからカードを取り上げて、可奈が扉のキースロットに差し込むと、ピーっという機械音がしてロックが解除された。

「そんなこと、分かっていたさ」

バツが悪そうにキートンが言い、扉のノブに手をかけ、可奈を見ながら、「中に誰が残っているか分からないから気をつけて」と声を落として言った。

ローラは心配そうに、離れの中に消えていく二人を外から見守っていた。

「これは、ひどい……」

舞子が言っていたベッドルームの入り口に立つなり、キートンが吐き捨てるように言った。

「そこで、死んでいるの？」

「君は見ないほうがいい」

キートンの背後から覗き込もうとした可奈を、彼が止めたが遅かった。キートンの横に立った、可奈は顔をしかめて言葉を失っていた。

ジョシュアの部屋には、火薬と血の匂いが立ち込め、彼は仰向けに倒れている。彼の首から上は殆ど原形を留めておらず、頭の辺りのベッドカバーは血の海だった。そして、そのベッドの向こう側には散弾銃で吹き飛ばされたと思われる、彼の頭部の肉片や血が、壁や家具の至るところに飛び散り、こびりついていた。

ジョシュアは舞子が見たときと同じように、

両足をベッドの縁からだらりと垂らしたまま仰向けに倒れていた。彼が死んでいるのは一目瞭然だった。

「自殺にしても他殺にしても、こんな死に方はしたくないわね」

意外にも落ち着いた様子の可奈が、そんな感想を述べた。

「これで下から頭を一発どーんっ、てやったのね。顔が半分なくなってるわ」

ジョシュアの足元にあった散弾銃を拾い上げて、可奈が続けた。

「おいおい、勝手に現場のものを拾うんじゃない」

「ちゃんと元に戻すわよ。それに手袋しているから大丈夫」

いつの間にか、キートンと同じようなゴムの手袋をつけた可奈が、散弾銃を元の場所に置いて、両手を見せた。

「君は、なんともないのかい？　普通の人間だったら、飛び出すか、その場にへたり込むかする筈だが」

警察官の自分よりも、遥かに平気そうにしている可奈に、キートンは驚いていた。

「この死んでる人が動き出したりしたら怖いけれど、もう死んでるんだもの。平気よ」

可奈はあっさりと言ってのけた。

「君は一体何者なんだ？　こういうことに慣れている感じだな」

「何者でもないわよ。マイコの友人よ。まあ色々見てきたりはしたけど、慣れてはいないわよ。それよりも、そろそろキング署のマーカスや鑑識が来るんじゃない？　さっさと調べて外で待ったほうが良いわよ。それに、解剖に移すなら、そっちの応援も頼まなきゃ」

「おお、確かにそうだ。それじゃあ母屋に行って、遺体を運ばせる手配をしよう」

そう言ってあたふたと離れを出て行くキートンの後ろ姿を見送った可奈は、一人残された血だらけの現場を見渡した。

8

「やあ、マイコ。大変な目に遭ったね。ケビンが危惧していたことが本当に起こるなんてね」

ベイカー邸に到着したマーカスが、舞子を見るなり開口一番そう言った。イーストサイドにいたマーカスは、運転していたパトカー内で、無線連絡を受け急行したおかげで、早く来られたのだと言った。

マーカスは、舞子がカイルのカウンセリングにスノクォールミーに通っていることをケビンから聞いていて、出張前にも、何か起こるかもしれないからと、心配していたのだと舞子に告げた。

「とにかくすぐ来てくれて良かったわ。今、現場をスノクォールミー署の人が見に行ってるの」

夫のケビンと同期の、ヒスパニック系の人懐っこそうなマーカスを見て、舞子はようやく落ち着くことが出来た気がした。それでもまだ震えは止まらず、ローラが運んできてくれたコーヒーを受け取ると、受け皿の上のカップがカチカチと音を立てて揺れた。

「キートンが現場の確認をしているのだったら、俺は後で見に行くとして、ここの人たちに話を聞くことにしよう」

　そう言って、マーカスは舞子の隣に座ると、胸のポケットからノートパッドを取り出した。

「まず……マイコ、銃声を聞いたとき、母屋には誰がいたの？」

「わたしと、カイルと、ローラがこのリビングにいたわ。それから、ミセス・ベイカーが、自分の部屋にいました」

　そう言いながら、舞子は愛子のほうを横目で見た。愛子は一人用の椅子に深々と腰掛け、窓の外を黙って見たまま、何の反応も見せなかった。

「離れには？」

「ジョシュアだけだったと思う。でも、わたしたちはこちらにいたから、他に誰もいなかったのを確証するものはないわ」

　舞子の証言を、マーカスがノートに書き込んでいく。

「最後にジョシュアを見たのはいつ？……生きているジョシュアをっていう意味だけどね」

　舞子がジョシュアの遺体の発見者であることを思い出し、マーカスが言い添えた。

「ミセス・ベイカーが、シアトルからここへ戻ったときにジョシュアが離れから出てきて……彼女を連れて離れへ戻ったの。それが生きているジョシュアを見た最初で最後ね」

　愛子の名前を出すたびに、彼女の反応を舞子は窺ったが、愛子の態度はずっと変わらなかった。相変わらず放心したように、じっと窓の外を、遠くを見るような目つきで眺めていた。

「彼女が母屋へ戻ったのは？」

「離れへ行ってから、そんなに時間は経っていなかったと思う。十分もなかったんじゃないかしら?」

「じゃあ、彼女が戻ってから銃声が聞こえるまでの時間は?」

本人を目の前にして、マーカスは愛子の存在を無視するかのように舞子に質問を続けた。

「十分……いえ、十五分くらいかしら。ミセス・ベイカーがここへ戻って、しばらくしてから彼女が自分の部屋へ戻るのとほぼ同時に銃声が聞こえたわ」

「彼女が自分の部屋へ戻ったのを確認した人は?」

「実際に見てはいないけれど、彼女の部屋のドアが閉められる音を聞いたわ。でも、銃声が聞こえても彼女は部屋からすぐには出てこなかった」

質問に答えながら舞子は、まるで愛子を追い詰めるような言い方をしている自分に気がついた。先ほどの愛子の言葉が頭にこびりついて離れなかったのだ。

――いい気味だ。

ジョシュアの死を告げられ、愛子はそう言って笑ったのだ。

「ミセス・ベイカーは、ちゃんと自分の部屋にいらっしゃいました。ミセス・ライカーが離れへ行ってすぐ、わたしが部屋へ彼女を呼びに行きましたから」

横からローラが証言した。

「ミセス・ベイカー、あなたが最後にジョシュアと話したときの様子は?」

マーカスが初めて愛子に声をかけて質問した。

「怒ってたわよ、とっても」

愛子はちゃんと話を聞いていたらしく、マーカスに向き直り即答した。

「怒っていた？　それはどういうことですか？」

マーカスが聞き返した。

「わたしが、カイルのことを放ったらかしにしているって怒ったのよ。子供を一人置いてシアトルに戻ったまま帰ってこない人間には母親の資格はないって。ローラもいるんだもの。一人じゃないのに、怒るなんておかしいと思いません？」

愛子が笑った。現在彼女の置かれている立場に相応しくないその笑顔は異様なまでに美しく、舞子は息を呑んだ。

「離れで、口論になったのですか？」

マーカスが続けた。

「口論？　ジョシュアが誰かと口論なんて出来るものですか。じゃあ、カイルをシアトルへ連れて帰ればいいんでしょうと言って、さっさと出てきたのよ」

「そのときの彼の様子は？」

「さあ……。ただ生きていたことだけは確かよ」

愛子が別に悪びれたふうもなく答えたのをノートパッドに書きとめながら、マーカスが小さな溜め息を吐いた。

「結構です。最後に質問してもいいですか？　今日は何の御用で、スノクォールミーまで来られたのですか？」

マーカスが穏やかに聞いた。

「スティーブに頼まれたのよ。パーティーのためのスーツをこっちに置いてきてしまったから取ってきてくれと言われたの」

二人のやり取りを眺めながら、リビングの入り口に人の気配を感じた舞子が振り向くと、いつの間にかキートン警官と、この家の主であるスティーブ・ベイカーが並んで立って、二人の話を聞いていた。

マーカスは、愛子にこれ以上聞いても無駄だと思ったのか、ノートパッドを閉じ、胸のポケットに納めると、舞子の視線に気がつき、同じように後ろを振り返り、キートンに、やあ、と言って片手を挙げてみせた。

「わざわざシアトルからご苦労さまです。鑑識が間もなく到着する筈ですが、一応現場を見て、今遺体の搬送の手配をしてきました」

シアトルの殺人課の刑事を目の前にして、キートンはいささか緊張した面持ちで言った。

「ありがとう。僕もこれから行こうと思っていたんだが、現場のほうはどうだったかい？」

キートンとは反対に、マーカスはとても落着いているように舞子には見えた。そうかといって、階級の下であるキートンを見下したような態度は皆無で、いたって穏やかなマーカスに舞子は好感を持った。

「現場はひどい有様です。多分、散弾銃を口に咥《くわ》えて、足で引き金を引いたのではないかと思われます。特に争ったり、家の中を物色されている形跡も見当たらないので、自殺の線が強いのではないかと思われます。扉、窓、全て鍵が掛かった状態でしたし、被害者のキッチンのテーブルの上から彼の離れのものであるカードキーも見つかっています」

可奈に馬鹿にされながらも、キートンも目をつけるところはちゃんと見ていたようである。

「カードキー？　離れはカード式の鍵を使うの

か?」

　マーカスが引っかかったように訊き返した。

「離れだけではない。この母屋も扉は全てカード式のオートロックになっているんだ」

　キートンの横に立っていたスティーブが初めて口を開いた。

「詳しく教えてくれますか?　個人の家でそういうロック形式をとっている例を僕はあまり知らないものですから」

　マーカスが相変わらず穏やかににこやかな表情で、スティーブを見て言った。

「この家と離れにある扉は全部、内側からは鍵を使わなくても開くようになっているが、扉が閉まっている状態のときには、外からはカードキーがないと開かないようになっている。だから、家を出るときにはいつもキーを持っていないと、外からは入ることが出来ないんだ。ジョシュアの住んでいる離れも同じだ。離れには玄関と裏口の二つの扉があるがどちらもそういう形式になっている。母屋は一つの扉を除いて、やはり同じだ」

　一つを除いて、というところにスティーブがやや強調したように舞子には聞こえた。

「一つを除いて……というのはどの扉のことですか?」

　マーカスも気づいたようで、スティーブを見てさらに詳しい説明を求めた。

「ガレージに行くための扉だ」

「それはまたどうして?」

「子供たちのためだ。ガレージには狩りをするときのライフルやら、散弾銃、チェーンソーなど、まあ子供が触っては危ないものが色々置いである。この別荘を購入したとき、扉を全てオートロックに取り替えたのだが、ガレージだけはアイコが危ないというので、内側からもキーを使わないと開かないようにしたのだ」

「親の配慮、ということですね。そういうことなら理解できます」

五歳の娘を持つマーカスが言って、「しかし……」と続けた。

「離れのカードキーは、離れの中にあったわけだが、君はどうやって離れの中に入ることが出来たんだい？」

マーカスがキートンを見て尋ねた。

「わたしがマスターキーをお貸ししました」

代わりに答えたのはローラだった。

「マスターキー？」

「はい。ジョシュアが持っているのは離れの扉だけしか開けることは出来ませんが、この家にはマスターキーがございまして、そのカードキーだと、母屋と離れの全ての扉を開けることが出来ます」

ローラが緊張しながら答えた。

「そのマスターキーは一つだけですか？」

マーカスが尋ねた。

「いいえ。二つあります。一つはこの家にいつも置いてあります。わたしが、離れのほうまで掃除をしたりすることがありますので。もう一つは、スティーブが持っています」

「なるほど。今日、この家のマスターキーはずっと家の中にあったのですか？」

「はい、ございました。先ほど、キートン警官にお貸しするまではずっとこのキッチンのカウンターの上にありましたから」

ローラが奥のキッチンを指差した。

「ミスター・ベイカー、あなたは今日一日、ずっとシアトルにいらしゃったのですよね？」

マーカスが今度はスティーブに尋ねた。

「そのとおりだ」

「ということは、ジョシュアが招き入れない限り、離れには他に侵入出来た人間はいないということになりますね」

「そういうことになるな」

スティーブもマーカスに同意して頷いた。

「分かりました。キートン警官の現場の印象と、今のみなさんのお話を聞いた限り、自殺の線が濃いと思われますが、まだ他殺の線も切り捨てるわけにはいきません」

マーカスの言葉に、その場にいた全員が同意の表情をして頷いてみせた。

「さて、僕がここに到着するまで、この別荘にいたのは、ミセス・ベイカー、カイル、ローラ、マイコ、それとジョウ。それからキートン警官……。おや？　数が合わないな……」

マーカスが手を顎にやり、首を捻った。

「どういうこと？」

舞子が尋ねた。

「いや、僕が着いたときに見た車の数さ。グランド・チェロキーは君のだね。それから、ジャガーがミセス・ベイカーのものだ。スノクォールミーのパトカーと、あと黄色のスパイダー……これは誰の車なんだ？」

「わたしのに決まっているじゃない」

リビングの開いた窓の外にいつの間にか立っていた可奈が、顔を覗かせ、「ハイ、マーカス。元気？」とニヤリと笑って言った。

「か、カナ……どうして君がここにいるんだ？」

それまで穏やかだったマーカスの表情に、明らかに動揺の色が浮かんだ。舞子の夫ケビンと同様、マーカスはこれまでの可奈の乱行を知っているキング署捜査官の一人であった。「カナが現れると、事件を引っ掻き回される」という可奈の悪名は殺人課にも及んでいた。

それともう一つ、舞子だけが知っている事実。マーカスはそんな可奈に気があり、可奈の前に出ると極度に緊張してしまうのだった。

「どうしてだって、いいじゃない。マイコに会うためにジョウをここまで連れてきたら、事件が起こってたのよ。言っておくけど、わたしが起こしたんじゃないわよ」

可奈が意地悪そうな笑みを浮かべた。

「そ、そんなことは分かっている。分かっているが、君だけ外に出て何をしてるんだ？」

マーカスは明らかに緊張していて、褐色の顔は赤みを帯び、その額に汗を滲ませている。

「だって、玄関の鍵が掛かって入れないんだもの。ねえ、それよりあなたこそ、そんなところで話を聞いてたって、事件は解決しないわよ。鑑識が到着する前に見せたいものがあるの。いらっしゃいよ」

完全に場違いな態度の可奈は、事件を面白がっているかのようにはしゃいだものだった。

「き、君は現場に入ったのか？」

「そっちのお巡りさんがいいって言ったんだもの。ねえ？　そうでしょう？」

可奈がキートンにウインクして見せたため、今度はキートンが赤くなって下を向いた。

「そうなのか？」

マーカスがキートンを睨みながら聞いた。

「申し訳ありません」

キートンは、ただ項垂れるしかなかった。

「もういい。分かった。そちらへ行こう。僕が行くまでそこを動かないでくれよ。君が現場にいたとなったら、もういくつか引っ掻き回されているだろうけれど、これ以上ひどくなるのは避けたいからな」

マーカスが腰を上げながら言った。

「相変わらず、キング署のお巡りさんは失礼ね。オーケー。待ってるから早くいらっしゃいよ」

9

可奈の後を付いて離れに入ると、まずマーカスはジョシュアのベッドルームに入り、遺体の確認をした。

「キートン警官が言ったように、ベッドの縁に腰掛けて、立たせた散弾銃を口に咥えたか、顎を銃口の上に載せて、引き金を引いたんだな」

ジョシュアの倒れ方、散弾銃の落とされた場所、壁に飛び散った血の具合などから、マーカスも同じように判断した。

「そうね。わたしも同意見よ。ただ、ジョシュアの顔面だけが吹き飛ばされているから、銃口を口に咥えていたのではないと思うわ。喉の奥まで銃口を押し込んで発射したのなら、散弾銃の場合、銃弾の塊が直通して、頭の後ろ側に大きな穴が出来る筈だもの。だから、彼の顎がちょうど銃口の上にほぼ直角に載っていたって考えるほうが正しいと思うわ」

「君は女のくせに、観察できるほど、よくそこまでこんな無残な死体を見ていられるな」

マーカスが、感心して可奈を見た。

「だってもう死んでるんだもの。平気よ。これが動き出したら怖いけれどどね」

キートンに言ったことと同じことを可奈がマーカスに言った。

「でも、見せたいものはこれじゃないのよ。ちょっとこっちに来て」

可奈は、マーカスの袖を掴んでベッドルームから引っ張り出し、リビングの隅に置いてある、コンピューターを載せた机へと導いた。

「おいおい、勝手に現場のものを弄《いじ》るんじゃない」

パソコンの前に腰掛け、マウスを動かしながら、ファイルを開き始めた可奈をマーカスが慌てて止めた。

「電源は点いたままだったの。さっきちょっとぶつかった弾みで、モニターが起動したから、つい……ね。一回見ちゃったんだもの。もう遅いわよ」

手にはしっかりレイテックスの手袋を嵌めて、可奈がドキュメントファイルを次々と開き始めた。

「まあ言わなくても分かっていると思うが、君が今やっていることは充分に犯罪として検挙出来るんだぞ。君のことだから、黙っていれば分からないんだから、黙ってろというんだろうけど」

半ば諦めた口調でマーカスが言った。

「分かってるなら、言わないでよ。そんなことばかり言ってないで、ほら、これ見てよ」

最初に可奈が開けて見せたのは、文書ファイルで、ジョシュアがつけていたらしい日記のようなものだった。

「一応、ざっと読んでみたけど、前半は大したことは書いてないわね。サラが死んでから昨日までは、警察が自分を疑っているんじゃないかとか、自分がここに足止めを食らっていることへの不満とかが書かれているけれど、問題は最後のエントリーよ」

今日の日付の日記には一行だけこう書かれていた。

I am responsible for her death.（彼女の死の責任はわたしにある）

「これは、サラのことを指しているんだろうな、やっぱり」

モニターに映し出されたファイルの一番最後のページを見つめながら、マーカスは唸るように言った。

「まあ普通に考えればそうよね」

当たり前じゃないのとでも言いたげな表情で可奈がマーカスを見て、「それからこれよ」と言いながら、机の下に設置されているプリンターから一枚の印刷された紙を取り出してマーカスに差し出した。

「I did it――わたしがやった……か。罪の告白と見て間違いないだろうな」

そう言ったマーカスを見ながら、可奈も頷いた。

「逮捕されるのは時間の問題と考えて、耐え切れなくなって自殺した、と……そう考えるのが妥当だろう」

現場の状況から考えても、自殺の証拠を裏付けるには充分な資料と言えるだろうと、マーカスは思った。

「でもね、それだけじゃないのよ」

可奈が日記のファイルを閉じて、いくつものウェブサイトのアドレスが添付してあるメールマガジンが保存されたファイルと、大量の画像ファイルだった。

「こ、これは……」

次々に可奈が開く画像を見て、マーカスが絶句した。そこに映されていたのはみな、まだ年端もいかない少女たちのものだった。服を着ているもの、下着だけのもの、裸のもの、それぞれ違ってはいたが、その全ての写真が、どういう目的で撮られているのかは一目瞭然だった。

次に可奈が開いた、メールマガジンに添付されたウェブサイトのアドレスは、間違いなくペドフィリア（小児性愛者）を対象にしたサイトだった。その中にはジョシュアのファイルに保存してあったような画像の他にも、児童買春、人身売買などについても書かれていた。その殆どは、東南アジア、東ヨーロッパからのもののようで、かなり大掛かりな組織が関わっていることが窺えた。

「こういう展開になったとなると、ケビンの出番だな」

胸の前で腕を組みながら、マーカスは下を向いて何かを考えている様子だったが、すぐに携帯電話を取り出すと、どこかに電話をかけ始めた。

「どこに電話しているの？」

携帯を耳に当てて応答を待っているマーカス

に、可奈が尋ねた。

「裁判所だ。このコンピューターや、ジョシュアの遺留品を押収する手続きをするんだ」

「そ、それではジョシュアが、ペドフィリアだったというのか?」

　母屋に戻ったマーカスと可奈の報告を聞いて、スティーブが唸るように言った。

「そのようですね。彼のパソコンの中にはそのようなことを裏付けるファイルで溢れていました。そしておそらく……」

　マーカスは言葉を選ぶかのように、考えながらゆっくりと言った。

「おそらく、お嬢さんも彼の被害者でしょう。解剖の結果、お嬢さんには長期にわたる性的虐待の痕があった。それがエスカレートして、大晦日の事件に繋がったのではないかと考えます」

　その場にいた全員が、驚きと悲痛な面持ちでマーカスの話を聞いていた。

「彼は、逮捕されるのは時間の問題だと悩んでいたようです。もう逃げられないと覚悟しての自殺、という見方が妥当だと思います。先ほど裁判所へ、彼のパソコン他、遺品を差し押さえる手続きをさせていただきました」

「ちょ、ちょっと待ってくれ。あの離れにあるものは全て、わたしの所有するものだ。ジョシュアには使わせてやっていただけのことだ。わたしの許可なく、勝手に持っていかれるのは困るな」

　意外にもスティーブが渋い顔をして、反対の意を唱えた。

「捜査が終わればお返しします。裁判所の許可が下りれば、いくら他の人間が所有するものでも、差し押さえは出来るのです。申し訳ありませんが、ご協力ください」

穏やかな口調ながらも、マーカスの言葉にはスティーブを威圧するだけの迫力が込められていた。

「鑑識が到着して、刑事にも同伴してほしいとのことです。一応遺体を解剖に回す手配もしてありますが、どうしましょうか」

無線で連絡を受けたキートンがマーカスに尋ねた。

「解剖に回した方がいいわよ。念のためにね」

答えたのは可奈だった。

「君には訊いていないっ！」

キートンが可奈を睨みつけたが、悪びれたふうもなく、可奈はわざとらしく肩を竦めてみせただけだった。

「鑑識の結果にもよるが、目撃者もいないことだし、サラ殺害との関わりもある。手配はそのままで、遺体はキング郡の司法解剖へ運んでくれるよう指示してくれないか」

可奈を横目で睨みながらも、マーカスは彼女の意見に同意した。

「君たちはもう帰った方がいい。マイコは大丈夫？　自分で運転して帰れるかい？」

カウチでまだ蒼ざめている舞子に、マーカスが心配そうに尋ねた。隣では舞子の膝を枕にして、ジョウが眠りこけている。

「大丈夫。帰れると思うわ」

眠っているジョウに視線を落としながら、舞子が答えた。殺人事件、ジョシュアの自殺、そしてペドフィリア――こういう危険な場所に、これ以上息子を置いてはおけない。安易にジョウを連れてきて、事件に巻き込まれてしまった愚かさを、舞子は心から後悔していた。

「それじゃあ、気をつけて帰るんだよ」

マーカスが舞子の肩に優しく手を置いた。

「これで事件の全てが解決したと思ってもいいのかね」

鑑識が待つ現場へ戻ろうと、部屋を出て行くマーカスの背中に、スティーブが声をかけた。

「別の事件も発覚したことですし、全てとは言い切れませんが、解決に向かっていることは間違いないでしょう。だた被疑者死亡となると、起訴するのは難しくなるかもしれません」

「サラを殺した人間が分かったのならなんだっていい。これでわたしたちも事件に終止符が打てるというものだ」

スティーブの言葉に、マーカスが頷いた。

「それではもうしばらく隣のゲストハウスをお借りします」

そう言い残すと、マーカスは家の外へと消えていった。


「それじゃあ、わたしたちは帰りましょうか」

舞子が疲れてカウチの上で眠りこけてしまっているジョウを見ながら可奈に言った。

「ミスター・ベイカー、一つ訊いてもいいですか?」

舞子の言葉を無視して可奈はスティーブの方を見ていた。

「なんだね?」

「サラが遺体で発見されたガレージには、カードキーなしでは入れないと仰いましたね。サラが発見されたとき、彼女の周りにはカードキーは見当たりませんでした」

スティーブは黙って、可奈の話を聞いていた。

「大晦日の夜スノクォールミーは、かなりの雪が積もっていました。サラはそんな雪の中を外へ出て、離れまで行ったのでしょうか。それとも、ジョシュアがサラを連れ出したのでしょうか。サラを殺害した後、ジョシュアはまた雪の中をサラを抱えて、ガレージの窓から侵入してサラをそこへ置き去りにしたのでしょうか」

「ジョシュアがサラを殺したのなら、そういうことになるだろうな」

顔色を変えずに答えたスティーブだったが、可奈の思惑を読み取るように、その目には懐疑の色が窺えた。

「わたしもね、そうかなぁと思ったんですよ」

突然可奈の態度が一変し、おどけたように「なるほどねぇ」などと独り言を言い始めた。そして、くるりと舞子のほうへ向き直ると、彼女の膝の上で眠りこけているジョウを見て、

「あーあ、ジョウも寝ちゃってるじゃない。さあ帰ろうか」

そう言って、スタスタと玄関の方へ向かい出した。しかし、舞子が慌ててジョウを抱え上げ、後に続こうとしたとき、可奈がふと何か思い出したように立ち止まり、振り返って言った。

「ミスター・ベイカー、素敵な車をお持ちですね。レクサスのトップグレードのスポーツ・ユーティリティーなんて、羨ましいです。やっぱり車は日本車に限るでしょう？　わたしも日本車を持っていますが、性能が違うわ。マイコ、あなたもあんなジープ、さっさと下取りに出して、

日本車に変えたほうがいいわよ。じゃあ、みなさんさようなら」

　重くなったジョウを抱えたまま呆気に取られている舞子にはお構いなしで、可奈はさっさと外へ出て、スパイダーに乗り込んだ。

「週末、お宅へ伺うわ」

　エンジンをかけたスパイダーの運転席から可奈が舞子にそう告げ、バックでドライブウェイを下って、可奈は一人でシアトルへと戻っていった。

　舞子もその後に続いて、眠っているジョウをチャイルドシートに座らせて、ベイカー邸を後にし、インターステート90を西へと走らせた。

辺りはすっかり暗くなり始めている。

「ママ」

　眠っていたはずのジョウが後部座席のチャイルドシートから舞子を呼んだ。

「なあに？」

　バックミラー越しに舞子がジョウを見ると、彼は目を瞬かせている。

「ボクね、カイルにちゃんと謝ったよ。カイルもごめんねっていってくれたんだ」

「そう、良かったわね。ちゃんと謝れて偉かったわね」

　バックミラーの中のジョウが微笑むのが見えた。

「ボクね、カイルを殴ったとき、ホントは死んじゃうんじゃないかと思ったんだ。怪我をさせたのにはちゃんと理由があるんだ」

　ジョウが目を擦りながらボソボソと言うので、運転中の舞子には聞き辛かった。死んじゃうというのはカイルのことだろうか、と舞子は思った。あれ程大げさな出血を見たことがないジョウがそう思ったのは無理もないかもしれないと舞子は感じた。

「カイルは大丈夫よ。仲直りしたんだしね」

舞子がミラー越しに微笑むと、ジョウは一瞬眉根を寄せたような気がしたが、頷いてまたすぐ目を瞑《つむ》った。

今日という一日が、とても長く感じられた。あまりにも衝撃的なジョシュアの最後、愛子のカイルへの冷酷な態度、様々なことが頭の中を何度も繰り返し駆け巡り、舞子は疲れきっていた。

フリーウェイのその先に、灯りをちりばめたシアトルのスカイスクレイパーが見える。その光を追いかけるように、舞子は速度を上げ、とても遠く懐かしく感じられる我が家へと急いだ。

第三章　傷—FLAW

1

一月十五日、日曜日、カリフォルニアで聞き込みの出張を終え、シアトル・タコマ空港からそのままキング郡警察署の特別犯罪捜査課に戻ったケビンは、自分のデスクに置かれたコンピューター、ダンボールに入れられた紙の束を見つめて、「なんだ、これは？　誰か新しい奴でも入ってくるのか」と、パートナーのアンディーに尋ねた。

「違うよ。一昨日の夜、マーカスが持ってきたのさ」

「マーカスが？　一体またどうして……」

「よお、ケビン、戻ってきたな」

アンディーがケビンの問いに答える前に、特別犯罪課の扉の向こうからマーカスが顔を覗かせて笑っていた。

「マーカス、このコンピューターと資料の山はどういうことなんだ？」

もう一つパイプチェアを引き寄せて、マーカスに勧めながらケビンが訊いた。

「マイコから何も聞いてないのか？」

「いや、空港からそのままこっちへ来たからな、まだ家には戻っていないんだ」

ケビンはデスクの横に置かれたままのスーツケースを指差しながら言った。

「それはいけないな。マイコもジョウもきっと心細い思いしてると思うよ。お前が仕事熱心なのは分かるけれど、一旦帰ったほうがいいぞ」

「スノクォールミーで何があった？」

マーカスの言っていることの意味にピンときたケビンが身を乗り出した。

「離れに住んでいた、ジョシュア・ウィリアムが死んだ」

「なんだって⁉　マイコたちがスノクォールルーにいるときにか？」

「ああ、金曜日にマイコが息子のカイルの訪問をしていたときに起こった。ジョウと、カナも何故だかそこにいた。マイコの機転のおかげで、俺のところにすぐ連絡が来て、スノクォールミー署が片付けてしまう前に、現場に行くことが出来たよ」

ケビンは出かける前に、マーカスに舞子がスノクォールミーに行くことを告げていたことを思い出した。舞子はスノクォールミーへの家庭訪問が決まった日の夜に、ケビンが言ったことをちゃんと覚えていたらしい。

「またあの通訳か……あのマイコの友人は事件となると決まって現れるんだからな。それで？殺しなのか？」

可奈の名前を聞いて、ケビンは半ば諦めたような、または憤慨したような、感情の入り混じった顔をした。舞子から可奈が事件を探っていると聞かされたときから、彼女がどこかで登場することは、予想していたことだった。

「いや、現場の状況から、自殺と見るほうが自然だろう。それに動機がある」

マーカスが短く切りそろえられた顎ひげに触りながら、得意そうに言った。

「動機？」

「持ってきたコンピューターを見れば分かるが、ジョシュアがサラ殺しの告白めいたことを書いている。まあ、遺書みたいなもんだ」

「逃げ場のないのを自覚しての自殺、といったところか。でも、それならどうしてこのコンピューターがこんなところにあるんだ？　殺人事件の証拠ならば、殺人課に持っていくのが普通だろう？」

　まだ接続されていない何本ものケーブルが絡まったデスクの上のコンピューターを触りながらケビンが言った。

「それが、開けてびっくり。お前が捜査している件の足がかりになりそうなものが出てきた」

　マーカスがニヤリと笑った。

「どういうことだ？」

「それを接続して自分で見てみたらいい。でも、まずは家に帰って、家族の顔を見てくることだな。マイコもジョウも心細い思いをしているはずだ」

　マーカスの言葉に、ケビンは小さな罪悪感を抱いた。舞子のことだから、そういう事件に巻き込まれても出張中の夫の邪魔をしないようにと連絡をしてこなかったのだろう。自分がそういう雰囲気を舞子に与えている自覚はなかったが、仕事をしているときには極端に集中してしまう自分をケビンはよく知っていた。だから、舞子も十数年の結婚生活の中で、それを自然のこととして身につけてきたに違いなかった。それを思うと、今日はひとまず家に戻り、出張先で得た情報を纏めて、ジョシュアのコンピューターを調べるのは明日にしようという気持ちになった。

「そうだな。今日はこれで帰ることにしよう。おい、アンディー、明日の朝までにこのコンピューターを接続して、すぐ使えるようにしておいてくれ」

スーツケースのハンドルに手をかけながら、ケビンが向かいのデスクのアンディーに声をかけた。

「相変わらず人使いが荒いな。まあいいさ。分かったよ。先に中身を見てもいいかい？」

十も年下のパートナーが、冗談交じりに言った。

「見るのは構わないさ。ただ、色々ファイルを弄らないことだ。じゃあ明日」

キング署のフロントまで一緒に歩いてきたマーカスに、コンピューターとスノクォールミーでの礼を言い、ケビンは家族の待つ家路を急いだ。

シアトル郊外の自宅へ戻ると、ケビンの予想とは反対に、家の中からは賑やかな笑い声が聞こえていた。来客があるらしかった。

表のドライブウェイに停めてあった黄色のMR2スパイダーを見て、ケビンは嫌な予感がした。客は福戸可奈に違いなかった。

「お帰りなさい。さっきマーカスから電話があって、あなたが帰ってくるって教えてくれたのよ」

家と併設して建てられているガレージの扉を抜けて家の中へ入ってきたケビンに、キッチンから顔を覗かせた舞子が言った。

「帰りに署に寄ったら、マーカスに会ったから少し話をしてきたんだ。お客さんかい?」

キッチンを通り抜け、リビングに入ると、カウチでジョウと二人並んでビデオゲームをしていた可奈が振り向いて、「ハロー、ケビン。蟹を持ってきたわよ」と、片手をひらひら振りながら微笑んだ。ケビンも片手を挙げ、頷いて見せたが、可奈のものに比べると、それは格段に無愛想なものだった。

「そうそう。カナがね、蟹を持ってきてくれたのよ」

キッチンのカウンターの向こう側で、まだ生きている爪の先の白い大きな蟹を持ち上げた舞子が嬉しそうに言った。

可奈が持ってきた蟹は、ダンジネスクラブと呼ばれるアメリカ北西部の海岸でのみ獲れる、この辺りでは有名なものだった。ここワシントン州の近海では、新鮮で美味しい魚介類が沢山獲れる。蟹をはじめ、鮭、ハリバットと呼ばれるカレイ科のオヒョウ、車海老、牡蠣、浅蜊、帆立など、種類も豊富である。この辺りでは、魚介類は肉類よりも人気のある食材だ。

大きな白い爪に肉が沢山詰まったその蟹は身が締まって甘く、湯掻いて溶かしたバターに浸けながら食べるのが一般的な食べ方だが、舞子はいつもその食べ方だけでなく、鍋にしたり、サラダを作ったりした。

今夜は蟹鍋のようだった。舞子と結婚してからこれまで、ケビンは舞子の作る色々な和食に挑戦させられたが、蟹鍋は意外にケビンの舌に合った。普通は他に帆立などの海鮮物、葱、椎茸などを入れた塩味の出汁で煮込まれたものに、味噌だれをつけながら食べるのだそうだが、舞子は初めから白味噌を入れて他の野菜や海老などと一緒に土鍋を使って作る。随分前にシアトルのアジア系のショッピングセンターで見つけた土鍋を、舞子は甚《いた》く気に入っていた。今夜もそれを活躍させるらしかった。

「先にシャワーを浴びて、着替えてらっしゃいよ」

葱を切りながら舞子が言い、それに促されるようにして、ケビンは二階に消えていった。可奈とジョウは、カーレースのゲームに、時々奇声を上げていた。

ダイニングテーブルの上に、携帯のガスコンロの上に載せた鍋を囲んで、ワインとビールで食べる舞子の料理は、ケビンと可奈の関係をひとときき緩和させるに充分の効果を発揮した。とは言っても、もともと可奈のほうはケビンに対して何のわだかまりもなく、いたって普段どおりだったのだが、ケビンの態度が和らいだせいか、二人の口数が食事が進むにつれて多くなるのを、舞子は得意そうに見ていた。自分の作った料理が、人を和ませる力があるのを目の当りにするのは嬉しい。

「スノクォールミーで、大変な目にあったんだって？」

食事が一段落したところで、ケビンが二本目のビールをグラスに注ぎながら言った。

舞子はケビンの質問に、咄嗟にジョウのほうを見たが、彼が食事をとっくに終わらせてさっさとリビングに戻り、ゲームに夢中になっているのを確認すると、真剣な顔で頷いた。

「マーカスに聞いたのね。彼がすぐ来てくれたおかげで、随分助かったわよね」

舞子が可奈を見て言った。

「まあね。あのスノクォールミー署のお巡りさんだけでは、また前回みたいなことになってたかもね」

可奈がワイングラスを傾けながら、強面ながら人の良いキートン警官を思い出したのか、クスリと笑った。可奈のいう前回のことというのは、サラが殺されたときのことだと、舞子はすぐに分かった。事件直後から遺族の協力を得られず、事件は殆ど進展を見せていなかったことを、舞子も聞いていたからだ。

「サラの事件も、これで一応解決したことになるのかしら」

ジョシュアの死が、サラを殺し、逃げ場を失っての自殺という線でほぼ間違いないというのが、一昨日のマーカスとキートンの結論だった。舞子は二日前に見た、ジョシュアの姿を再び思い出し、背中に冷水を浴びせられたように、身震いした。

「マーカスも、そう感じているようではあるな。ただ、被疑者が死んだとなると公訴に持っていくのは難しくなる。自白のような遺書だけが、今のところ唯一の証拠だからな。遺族にとっては、納得のいかない結末になるかもしれないな」

特に感情も込めずに、呟くようにケビンが言った。

「でも、ジョシュアはどうやってあの夜サラを外へ連れ出して、ガレージまで死体を運んだのかしらね」

可奈がグラスに残ったワインを一気に飲み干してから、二人を見た。

「どういうこと?」

「スノクォールミー署の書類によると、大晦日の夜十時頃まで降っていた雪は五十センチくらい積もっていた。まず、サラが自分で玄関から外へ出て離れへ行ったと考えると、子供の足でそんなに深い雪の中をそれも暗い場所を歩けるかしら。あなた子供に詳しいでしょう? どう思う?」

「五十センチといったら、五歳の子供の足がほぼ埋まってしまう深さよね。それに灯りもない暗い場所にサラが一人で出て行くのはちょっと考え難いかな、とは思うけれど、絶対に出来ないとは言い切れないわね」

舞子はナイトガウンを羽織ったパジャマ姿で雪の中を歩くサラを想像した。雪がやみ、雲の切れ目から顔を覗かせた月の蒼白い光に照らされた、一人で歩く少女の姿が、舞子の瞼の奥にぼうっと浮かんで静かに消えていった。

「そう。でもね、調査書類によると、発見当時の朝、玄関から離れに続くような足跡は何もなかったの。朝、ベイカー氏がサラを見つけたときに外からガレージに回った時の足跡と、ガレージの窓から離れに続いていたジョシュアの足跡以外には、雪の上は綺麗なものだったのよ。午後十時の時点で雪はやんでいた。その後、朝まで雪は降らなかった。もし、サラが歩いて行ったなら、足跡が残っていないのはおかしいわ」

可奈が考えるように言って、舞子を見た。

「おいおい、君はどこからそんな情報を仕入れてきたんだい? マーカスも言っていたが、この事件のことは殆ど外には漏れていないはずだ」

横から口を挟んだのはケビンだった。

「スノクォールミー署のお巡りさんよ」

悪びれるふうもなく、可奈が平然と言った。

ベイカー邸で別れてから、可奈がスノクォールミー署へ行ったのだと舞子は思った。可奈のことだから、何か理由をつけて、あの人の良さそうなキートン警官に色々尋ねたに違いなかった。彼としても、ジョシュアの自殺ということで、事件がほぼ終焉を迎えつつあるという安心感から、可奈の巧みな誘導尋問にまんまと嵌って色々喋ったに違いないと、舞子は思った。可奈にはそういう人を饒舌にしてしまう不思議な力があるのだ。

「部外者に、それも君にぺらぺらと情報を流すとは、スノクォールミー署はとんだ間違いを犯したな」

ケビンが仏頂面で嫌味を言った。しかし、それからすぐ考えるような顔をして、可奈のほうを見た。

「それで、君はスノクォールミー署の調査書の内容を聞いてどう思った?」

ケビンが、サラの事件に興味を持ち始めたと感じた可奈は、グラスにワインを注ぎ足しながら、待ってましたとばかりに身を乗り出した。

「あのお巡りさんは、あまりやり手とは言えないけれど、観察したことはきちんと覚えていて、調書に書き記していたわ。偏見が入っていない分、書かれていることは発見当時の現場の状況をほぼ正確に捉えていると思う。まあそれでなくても、あの夜、離れにいたジョシュアがサラに接近して、殺害したとすると、サラは一度外へ出ていなければ辻褄が合わない。でも……」

可奈はそこで一旦言葉を止め、ワインを一口飲んだ。

「あの夜、ミセス・ベイカーがガレージの窓が開いているのが気になって、ジョシュアに外から窓を閉めてくれと、電話をかけてきたとジョシュアは証言しているの。理由はガレージを開ける鍵が見つからないから、だと。ミセス・ベイカーの鍵を、その夜ジョシュアが持っていたとしたら……」

「ジョシュアがガレージの窓から母屋に侵入して、鍵を使って家の中に入ることは可能になるわね」

舞子が、やっぱりそういう裏があったのかというように手を打った。

「まあね。そうなると、サラは外に出る必要もないし、足跡も離れからガレージへのジョシュアの足跡だけで充分だわ。でも、そうなると、おかしいじゃない」

可奈が、同意を求めるようにケビンを見た。

「殺人を犯した人間が、自分に不利になる証言をして、証拠になるような足跡を残すわけがないと言いたいんだな。やったのは自分だと宣言しているようなものだ」

ケビンが頷いて言った。

「そういうこと。彼がサラを殺したのだとすると、キートン警官の質問に答えたことは、全て自分の不利になることばかりだわ。彼が言っていたけれど、ジョシュアは最後に自分が証言したことが疑いをかけられるようなことばかりだと気づいて、かなり落ち込んでいたそうよ。意図的な殺人にしろ、過って殺してしまったにしろ、自分がサラを殺したという自覚があるなら、彼はそういう証言はしなかったんじゃないかとわたしは思うわ。まあ、彼が死んでしまった今、事実を確認する術《すべ》はないけれどね。ただ彼のコンピューターの中に残っていたファイルや、遺書めいた日記なんかを読めば、やっぱり彼がサラを殺したのだと思うしかないのかもしれないわ」

三人はそれぞれ考えるように黙り込み、ダイニングルームは暫しの間静寂に包まれた。

「マーカスから聞いたけど、今児童ポルノのウェブリングの捜査をしているんですってね」

沈黙を破ったのは可奈だった。

「マーカスのやつ、お喋りだな。ああ、シアトルを中心に、北西部にそういうウェブリングがあるという情報が昨年頃からキング署に入ってきて、それを調べてるよ」

舞子のほうを気にしながら、ケビンが答えた。今自分が担当している事件のことは舞子にもまだ話していなかったからだ。舞子は一瞬驚いた顔をしたが、自分もその話を聞きたいというような、興味のある素振りを示した。

「そういう情報って、どうやって入ってくるわけ？」

夕食の食器を片付けるために立ち上がりながら舞子が聞いた。

「殆どが匿名の電話だったり、手紙だったり。最近はEメールも多いな。最初はなんの根拠もなさそうな情報ばかりさ。ただ、このケースだけは昨年からどうも同じ人間と思われる匿名の手紙が続けて来るので、こちらも捜査に乗り出したわけさ」

「昨年って、いつ頃からそういう手紙が来るようになったの？」

　次に質問をしたのは可奈だった。

「感謝祭の少し前だったから、十一月の半ば頃だな。最初、シアトルを拠点にペドフィリアを対象にした組織があるといった内容の手紙が特別犯罪捜査課に届いて、それから何度かこの件に関してきちんと捜査をするべきだという抗議めいた手紙が来た。そして今年に入ってから、そのウェブリングの会員と思われる名前のリストを送ってきた」

「そこから何か手がかりとか、聞いたことのある名前とかあったの？　今度の出張も、その事件のことでサンフランシスコまで行ったんでしょう？」

　食器を片付け終わり、コーヒーを運んできた舞子が再び話に加わった。

「まあね……」

　ケビンは何か、考えるように舞子の運んできたコーヒーカップを触りながら、言葉を選んでいるように見えた。

「リストに書かれていたのは、五百近い名前だけだった。最初はどこから手をつけていいのか途方に暮れたよ。職業や住所どころか、Ｅメールアドレスさえ書かれていなかったんだからな。ただ、一つだけ、気になる名前を見つけた。そこから崩しにかかっているところだ。サンフランシスコ市警に、一昨年似たケースの組織を挙げた捜査官がいて、彼に会ってきた。それと、もう一人。その人物に会ってから、もう一カ所行かなければならないところが増えて、昨日帰るはずが一日伸びたというわけだ。しかし、マーカスが持ってきたジョシュアのコンピューターの中を見れば、もっと何か分かるかもしれないな」

　そう言ってケビンは舞子の持ってきたコーヒーを一口啜った。

「ジョシュアのコンピューターにあったサイトを見たけれど……」

　話を聞いていた可奈が口を開いた。

「あのサイトには、海外の人身売買の組織なんかも絡んでいるようだったわ。かなり手の込んだ仕組みになっている。中心にいるのはきっと大きな人物だと思うわ」

「俺もそう思う。リストにあった殆どの名前は、様々な情報を基に、そこに辿り着いただけの会員だと思う。そういう手の込んだビジネスを成立させている人間は、かなりの大物だと見て間違いないだろうな」

　ケビンが可奈の意見に同意した。

「そのリストの中に、ジョシュアの名前はあったの？」

　おもむろに舞子が尋ねて、ケビンを見た。可奈も、ケビンに目を向け答えを待った。

「いや、ジョシュア・ウィリアムの名前はリストにはなかった」

　ケビンの言葉に二人は、落胆にも似た溜め息を吐いた。

「彼のような大学院生が操れるような組織ではないと思ったけれど、彼はそのリストにも漏れた、ただの会員の一人っていうところかしら」

　舞子がそう言って可奈を見ると、顎を手に載せて、肩肘をついたテーブルの上を見つめて、何か考えているふうだった。

「どうしたの？」

可奈の様子に気がついた舞子が尋ねた。

「ううん、別に何でもないわ。あら、もう九時を回っているのね。わたし、そろそろ失礼するわ」

壁の時計に目をやった可奈がいきなり立ち上がり、コートを羽織ってさっさと帰る支度を始めた。

「え？　もう帰っちゃうの？」

突然の可奈の変わりように呆気に取られながら舞子も立ち上がった。

「話してたら、すっかり遅くまでお邪魔しちゃったわね。お鍋美味しかったわよ。ご馳走様。ジョウ、またね」

リビングで、ひたすらゲームに夢中になっていたジョウに可奈が別れを告げると、ジョウは頭だけを可奈のほうへ向けて、「バイバイ、カナ」と言うと、またテレビの画面にかぶりついた。

「あ、忘れてた。はい、これ」

可奈がコートのポケットに手を突っ込んで、舞子と共に玄関まで見送りにきたケビンに、小さなプラスチック製のキーホルダーのようなものを差し出した。

「なんだこれは？」

手のひらにすっぽりと収まるサイズの、細長くて平らのそれは、先がキャップになっていて、取り外すとコンピューターのＵＳＢポートに接続する端末になっていた。

「ＵＳＢメモリーよ。ファイルを簡単に保存出来るから、最近ではこちらのほうが主流になってるみたいだけど、知らないの？」

可奈が少しからかうように言った。

「ＵＳＢメモリーは知ってるさ。これでも一応、コンピューターが絡んだ事件の捜査をしているんだ。俺が訊いてるのは、これが一体何を意味するんだってことだよ」

　可奈に手渡されたUSBメモリーをひらひら振りながらケビンが言った。

「マーカスが持って帰ってきた差し押さえの残りよ」

　意味深に言って、可奈がウインクして見せた。

「残り？」

　ケビンが眉を寄せながら訊き返した。

「死んだジョシュアがはいてたジーンズのポケットの中に入ってたの。スノクォールミーの離れのコンピューターで見ようと思ったんだけど、マーカスが来て時間がなかったから持ってきちゃったの」

　一気にそう言って、可奈がぺろりと舌を出し、首を竦めてみせた。

「なんだって⁉　持ってきちゃっただと？　君はそういう行為が、犯罪だってこと知ってるんだろう。どうして君はいつもそうなんだ？」

　ケビンが大声を上げ、そのまま継ぐ言葉を失い、頭を抱えて唸った。可奈は、「そんなに大きな声出すことないじゃない。近所迷惑だわ」などと、別に悪びれるふうもなく、ケビンを残してさっさと外へ出て行った。

　舞子はというと、そんな様子のケビンを見て、後ろでくすくす笑っていた。可奈は、USBメモリーを持ってきたことを忘れたのではないなと、舞子は思った。ケビンが怒るのを承知していて、帰り際ぎりぎりまで待ったのだと。ケビンは頭を抱えたまま、「なんてことをしてくれたんだ……。まったく……だから君が事件に絡むのは気に入らないんだ……」などと、ぶつぶつと呟いている。

「明日、マーカスに電話するからと伝えておいてね。じゃあ、おやすみなさい」

ケビンの怒りを無視して、さらに追い討ちをかけるように、振り向いた可奈が言った。

「これ以上、事件に関わるなっ！」

スパイダーに乗り込む可奈の背中に、ケビンが大声で叫ぶと、

「デートに誘うだけよ」

と言い残して、可奈は二人に手を振り、スパイダーのドアを閉め、エンジン音を響かせながら闇の中へと消えていった。

2

親愛なるわが子へ

八月十日
久しぶりに君の姿を見ることが出来て、とても嬉しかったです。わたしがあげた誕生日プレゼントをとても嬉しそうに開けた君の笑顔が今も頭に焼き付いています。五歳になり、すっかり言葉もはっきりとして、色々なことを話したりする君を、とても微笑ましく、誇りに思います。君の健やかな成長を見るたびに、君が充分な愛情を受けて育てられていることを実感し、安心しています。これで良かったのだと、わたしが下した決断が間違っていなかったと自分に言い聞かせています。次に君に会える日を心待

ちにしています。

九月六日
入学おめでとう。今日からいよいよ小学生ですね。新しいバックパックを背負って、新しい制服に身を包んで、嬉しそうに登校する君の笑顔が見えるようです。君のそんな姿を見ることが出来ないのは悲しいけれど、いつも君の幸せを祈っています。これから沢山色んなことを学んで、成長していく君の将来を楽しみにしています。

十月二十五日
シアトルの秋も深まり、冷たい雨が降り続く憂鬱な毎日ですね。君が風邪を引いていないかと心配しています。今年の感謝祭も、君に会えることになりました。また少し成長した君を見るのをとても楽しみにしています。

十一月三日
とても信じ難いことを聞かされ、動揺しています。そして、これまで何も知らずに、君が幸せでいると信じていた愚かな自分に怒りを感じています。今日わたしが聞いたことが事実ならば、それは一刻も早く止めさせなければならない。わたしが君を守ってみせます。何も知らなかったわたしを許してください。

十一月三十日

感謝祭も終わり、君に会うことが出来た嬉しさと、未だに君を救うことが出来ない憤りとが入り混じった感情に押しつぶされそうです。心に、身体に、大きな傷を受けながらも、変わらず天使のような輝く笑顔に、胸がえぐられる思いです。人間は、色々な傷を負いながら生きていくものだけれど、君が今受けている傷は許されるものではない。早く何とかしなければ……。

十二月二十五日

クリスマスだというのに、わたしの心は晴れません。ツリーの下に積まれたプレゼントを一つずつ、嬉しそうに開ける君の顔を見るたびに、わたしの心は悲しみに打ちひしがれてしまいました。君を守らなければいけないと分かっているのに、わたしは、なす術もなくこれまできてしまいました。君を救わなければ……君のガラスのような心と、小さな身体が砕けてしまう前に……。君のその輝く笑顔が永遠に消えてなくなってしまう前に……。

一月二日

最悪の事態が起こってしまった。結局わたしは何も出来ないままに、みすみす君を死なせてしまったのです。もう二度と君の笑顔を見ることも、成長を喜ぶことも、未来に期待を馳せることも出来ないのです。君と共に全てがわたしの前から姿を消してしまった。わたしには、何の喜びも残ってはいない。心が凍り付いてしまいそうです。君と共にこのまま死んでしまえたらどんなに良いかと思う。

　親愛なるわが子……親愛なるサラ……君はきっとわたしを許してはくれないだろうね。君の死の責任は、全てわたしにある……。

　今のわたしに出来ることは、君を傷つけ、死に追いやったものへの報復だ。君をこんな目に遭わせた人間を、わたしは決して許さない。

　翌日の月曜日の朝、舞子は普段どおりに学校へ出勤し、自閉症児のマイクを無事スクールバスに乗せた後、一週間分の溜まっていた担当の生徒たちの書類を纏るなど、雑務に追われていた。

　朝一番に、舞子はブルックス校長のオフィスに向かい、金曜に起こった事件のことを報告した。校長は余程ショックを受けたらしく、しばらく口が利けない状態だったが、そういうところへ職員を送るわけにはいかないと、結果スノクォールミーへの家庭訪問は打ち切りになった。舞子はカイルとローラのことが気になったが、正直なところほっとしていた。スノクォールミーで見た、無残なジョシュアの姿がまだ頭から離れず、もう二度とあの場所へは行きたくなかった。

　午前の仕事を終え、昼休みに舞子は学校の事務室を訪れた。ここにはコピー機やファックス、学校の備品が置かれた部屋、小さなミーティングルーム、職員の休憩のための部屋などの他に、生徒の情報などの書類を保管しているファイル室がある。舞子の目的は、そのファイル室にあった。事務室の入り口付近にある、カウンターに行くと、愛想の良い太った女性職員が舞子に気づいた。

「ハイ、マイコ。週末はどうだった?」

事件のことを知らない彼女が、世間話のつもりで、舞子のあまり触れて欲しくないことを訊いてきた。

「まあまあよ。ちょっと生徒の資料を見たいのだけど、いいかしら?」

舞子はさっさと本題を切り出した。

「いいわよ。誰の資料か教えてくれたら持ってくるけど、自分で行く?」

愛想の良い女性職員はにこやかに尋ねた。生徒の資料は、学校の職員なら必要なときにいつでも閲覧できるようになっていた。しかし、その情報を悪用することはもちろん、理由が何であれ、外部に漏らすことは禁止されている。採用されるとき、職員は様々な契約書にサインをすることになっている。生徒の個人情報を外へ漏らさないという誓約書もその一つだった。

「二つほどなんだけど、自分で探すわ」

「そう。じゃあ鍵を持ってくるわね」

彼女が奥の部屋へ消えてから、舞子は長く深い溜め息を一つ吐いた。今、自分がしていることは誓約を破るものだということを自覚していたからだ。

昨夜可奈が帰ったあと、舞子は夫のケビンから資料室にあるカイルとサラの資料を見てきて欲しいと頼まれてここへ来たのだった。

「カイルとサラがスティーブの実子じゃないか

もしれないですって？」

　昨晩のケビンの言葉に舞子は心から驚いた。そういう話は学校でも聞いたことがなかった。

「サンフランシスコで、スティーブの前妻に会ってきた。彼女によると、彼には生殖能力がないらしい」

　ケビンの言いにくそうに言葉にした顔が舞子の脳裏に浮かんだ。

「それってどういうこと？」

「子供時代に病気をしたか、生まれつきのものなのか、彼は無精子なのだそうだ。彼女と結婚しているときに病院で調べたから間違いないと言っていた」

「それじゃあ、カイルとサラは……」

「父親がスティーブでないことだけは確かだ。スティーブと前妻は、今彼が重役をしている会社のサンフランシスコ支社で知り合って結婚したそうなんだが、すぐに離婚しているんだ。スティーブはシアトルの本社に異動になって、彼女はそのまま数年は同じ会社にいたらしい。まだ彼女がその会社で仕事をしていた頃に、スティーブとアイコが結婚して子供が生まれたという話を同僚から聞いて、おかしいと思っていたら、カイルは精子ドナーによる体外受精で出来た子供だっていう噂を誰かが聞いてきたというのさ」

「それ、本当なの？　噂というだけじゃないの？」

　ケビンが前妻から聞いてきたという話は、とても信じ難かった。

「もちろん噂だけかもしれない。でも子供は相手がいないと出来ないからね。父親はスティーブじゃない」

「じゃあ誰が……」

「分からない……。実はね、マイコ。君に頼みたいことがある」

　一夜明けたあとも、舞子は夫の言ったことを未だ信じられずにいた。生徒情報の資料の中にある出生証明書に、何かそれを証明する記録が書かれているかもしれないから、見てきてくれないかとケビンは舞子に言った。これはオフィシャルな調査ではないために、まだ裁判所に令状を申請する段階ではないからだとケビンは説明した。

「ねえ、ケビン。あなた、ペドフィリアのウェブリングの捜査をしているんじゃなかったの？　どうしてスティーブ・ベイカーのことを調べるの？」

　舞子のその質問にケビンは答えるべきか、悩んでいるかのように長い間沈黙していた。そして、ようやく決心したように口を開いた。

　そのときのケビンの険しい顔と、ケビンの口から出た答えを聞いたときのショックを舞子は忘れることが出来なかった。

「マイコ、今から言うことは誰にも言ってはダメだよ。学校関係者、それからカナには絶対漏らすな。これはまだ捜査の前段階と言ってもいいくらい、何も進展していない事件なんだ」

　いつもにないケビンの真剣な表情に、舞子はうろたえながら無言で頷いた。

「匿名で送られてきた名簿の中にあったのは、スティーブ・ベイカーの名前だよ」

「マイコ、鍵よ」

昨晩のケビンとの会話を思い出し、ボーっと立っていた舞子の肩を事務の女性職員にポンと叩かれ、舞子ははっと我に返り振り向いた。

「あ、ありがとう。資料を見たら返しにくるわ」

鍵を受け取る手が、心持ち震えているのを悟られないように、舞子は鍵を受け取り、資料室へと急いだ。

「あった……」

カイルとサラのファイルはすぐに見つかった。ラストネームのアルファベット順にきちんと整理されているファイルキャビネットの中に、兄妹のファイルは並んで保管されていた。震える手で、二人のファイルを取り出し、胸の鼓動が高鳴るのを聞きながら、舞子はまずカイルの出生証明書のコピーを見つけ、両親の名前を探した。

母アイコ・ベイカー　旧姓　シマモト
父不明

ケビンの予想していたとおりだった。通常、精子バンクに登録されている男性の身元は原則的に非公表となっているため、父親の欄には「Unknown（不明）」と書かれているだろうとケビンは言っていた。やはり、カイルは精子バンクを利用した体外受精で出来た子供だということか、と舞子は思った。

そしてカイルの出生証明書のコピーを元の位置に仕舞うと、次に舞子はサラのファイルから彼女の出生証明書を取り出し、そこに書かれている名前を見て、はっと息を呑み、愕然とした。

母アイコ・ベイカー　旧姓　シマモト
父ジョシュア・ウィリアム

サラの出生証明書には、はっきりそう書かれていた。

キング署の特別犯罪捜査課では、朝一番に出勤したケビンが、前日アンディーが別室に接続しておいてくれたジョシュア・ウィリアムのコンピューターの前に座り、シアトルを中心とした児童ポルノのウェブリング解明への手がかりになるものはないかと、保存されたウェブサイトやEメールなどを調べていた。

マーカスや可奈が言ったように、ジョシュアのコンピューターに残っていたウェブサイトは、海外のプロバイダーを利用したサイトで、ケビンがこれまでの捜査で、検索してヒットしたものとは異なるものだった。アドレスも短期間に何度も変えていると思われ、メールマガジンに残っていたアドレスの殆どがもう使われていないものであった。アドレスが変わるたびに、会員のみにそれが連絡されるという仕組みになっているようだった。裏で大きな組織が絡んでいるのは間違いないようだった。

そして、ケビンはデスクの上に置かれた、昨夜可奈が置いていったＵＳＢメモリーに目をやりながら、舞子のことを思った。ＵＳＢメモリーには、ジョシュア・ウィリアムがサラに宛てて書いたと思われる手紙がいくつも保存されていた。父親から娘への想いが言葉となってちりばめられていた。

今頃舞子は、サラの出生証明書を見て驚いているに違いないと考えながら、ケビンは、昨夜舞子に無茶な頼みごとをしたことを後悔していた。

捜査のためとはいえ、学校に保存されている生徒の情報を流すことは固く禁じられているのを、ケビンは承知していた。しかし、自分がサンフランシスコで得てきた情報を一刻も早く確かめたいという気持ちのほうが先立ってしまった。

結果、舞子の返事を待たずとも、ケビンの手のひらの中に昨夜、その答えはとっくに用意されていたわけだが。ケビンは舞子に対して、申し訳ない気持ちになっていた。

——しかし、これらのことが本当だとすると、事件の様相ががらりと変わってくることになるな……。

ケビンはUSBメモリーを弄びながら考え込んでいた。

「マーカスが来ているよ」

ケビンが振り向くと、開いたままだった部屋の扉を、パートナーのアンディーがコンコンとノックして、殺人課のマーカスの来訪を知らせてきた。

ケビンが別室を出て自分のデスクのほうを見ると、マーカスがそこにすでに座っており、ケビンに気づいて片手をひらひらと振ってみせた。

「捜査は進んでいるかい？」

紙コップに入ったコーヒーをケビンに手渡しながら、マーカスが尋ねた。

「進んでいるというか、混乱してきたという感じだ」

デスクの椅子に腰掛けてから、ケビンはマーカスに可奈が持ってきたUSBメモリーの中身のことを話した。但し、可奈が現場からUSBメモリーを持ってきてしまったことは伏せ、押収されてきた遺留品の一つということにしておいてくれと、ケビンは頭を下げた。ケビンから語られる新情報に、マーカスは驚きを隠せない様子だった。

「ジョシュアとアイコはデキていたってわけか。ジョシュアがサラの父親だとは寝耳に水だな。じゃあ奴は、実の娘を虐待して殺害したってことか？　何て奴だ……」

マーカスが額に手をやりながら言った。明らかに動揺しているのがケビンにも伝わってきた。

「そうも言っていられなくなったぞ。実はジョシュアがサラの父親だという事実も驚きなんだが、問題はもう一つのファイルのほうだ」

ケビンが周りを気にしながら声を落としてマーカスに囁いた。

「なんだ？　まだ何かあるのか」

マーカスも心持ち背を曲げ、ケビンの声が聞こえるような体勢を取った。

「そのファイルには、この前うちに送られてきた名前のリストと、これまで匿名で送られてきた手紙と同じ内容のものが保存されていたんだ」

「なんだって⁉」

マーカスがいきなり大声を出したために、特別犯罪課にいた捜査員の目が一様にケビンとマーカスに注がれた。マーカスは慌てて、なんでもないよと手を振り、さらに身を屈めて声を落とした。

「それじゃあ、ジョシュアがウェブリング告発の張本人だっていうのか？」

マーカスが聞こえるか聞こえないかの囁くような声で尋ねた。

「分からない。俺だって驚いたさ。何がなんだか分からなくなってきたよ」

ケビンもマーカスに額を突きつけるような形で囁いた。

「そういうことになると、俺のほうの事件も振り出しに戻るっていうことになるな」

マーカスがやれやれというように、椅子の上で反り返るのを見ながら、ケビンも頭を抱えた。

「ところでお前、何しに来たんだ？」

マーカスの来訪の理由を聞いていなかったことを思い出したケビンがおもむろに尋ねた。

「ああ、あんまりびっくりする情報を聞いたんで忘れてたよ。さっき、カナから電話があった。昨日、家に来てたんだってな」

可奈のことをケビンが毛嫌いしているのを知っているマーカスが、意地悪そうな笑みを浮かべた。

「デートに誘われたか？」

可奈の捨て台詞を思い出し、ケビンが吐き捨てるように言った。そんなことを言うために、わざわざここまで来たのかと言わんばかりだった。

「デート？　そんな話はなかったぞ。おいっ、彼女俺をデートに誘うって言ってたのか？」

可奈に気があるマーカスの顔が紅潮した。五歳の娘を持つ既婚の殺人事件捜査官とは思えないだらしなさである。

「デートに誘われなかったのなら、そんなことはどうでもいい。彼女は何と言ってきたんだ？　まだ捜査を引っ掻き回すつもりじゃないだろうな？　だいたいお前がいけないんだ。彼女に色々現場を荒らさせるからこんなことになるんだ」

ケビンが闇雲にマーカスを責め立てた。

「まあ、そう怒るな。前の事件だって彼女のおかげで解決したようなもんじゃないか」

マーカスが、昔の話を持ち出したために、ケビンはさらにムッとした表情になった。

「相変わらず彼女とは相性が悪いらしいな。それで昨夜よく一緒に飯を食えたもんだ。まあ、それはどうでもいい。彼女はジョシュアの司法解剖の結果は出たのかと聞いてきた。それからスノクォールミーの別荘の周りをもう一度捜査してこいってさ」

「やっぱり事件のことじゃないか。彼女は自分を何様だと思ってるんだ……それで、お前は何て言ったんだ？」

苦虫を噛みつぶしたような顔をしてケビンが先を促した。

「司法解剖の結果は今日の午後にでも出ると思うって言ったよ。自殺ってことで、週末慌てて解剖することはないと思ったんだろう。今朝早くからやっている。別荘のほうは、彼女急いでいたみたいで理由は言わなかったんだ。ただ、敷地内と、その周りの森の中まで、地面を這いずり回って調べてみろってさ。何のことだか分からないが、彼女が怪しいと思うんだから怪しいんだろう。とにかくこれから行ってくるよ」

マーカスがそう言ったところで、ケビンのデスクの電話が鳴った。

「はい、ライカー。……え？　ああ、来ているよ。ちょっと待ってくれ。マーカス、お前にだ」

そう言って、ケビンがマーカスに受話器を渡した。

「ああ、俺だ。……なんだって!?…分かった。すぐ行く」

慌てた声のマーカスが電話を切り、立ち上がった。

「何かあったのか？」

尋常でない様子のマーカスを見て、ケビンが尋ねた。

「司法解剖の結果が出た。直接の死因はカナが言ったように、顎の下から頭部前面を直撃した散弾銃によるものだった。だが、後頭部に、後ろから殴られたような陥没した傷が見つかった。そして、その傷口は使われた散弾銃の持ち手の先の部分と一致したそうだ」

「何てことだ……」

ケビンが腕組みをして、うーんと唸り、そのまま絶句した。

「事件は終わるどころか、これは新たな殺人事件だ。俺は今から司法解剖をやった医師に会ってくる。それからやはり、カナが言ってたように、スノクォールミーの別荘の周りをもう一度しっかり調べてみる必要がありそうだ」

マーカスは残りのコーヒーを一気に飲み干し、駆け足でケビンのオフィスを出て行った。

3

翌日の夕方、舞子がジョウを迎えにいった後自宅へ戻ると、留守番電話の着信を知らせるランプが点滅していた。メッセージは二件あり、一つは昨晩キング署で夜を明かしたケビンからのもので、今夜マーカスを連れて戻るから彼の分も夕飯を用意しておいてくれというメッセージだった。二つ目は可奈からのものだった。ケビンやマーカスと同様、やはり今夜家に来るという。

壁にかかった時計を見ると、針は間もなく五時を指すところであった。

——まったくもう。そういうことなら携帯に連絡してくればいいのに。

舞子は一つわざとらしい大きな溜め息を吐き、独り言を言った。

「ママ、カナが来るの？」

隣でメッセージを一緒に聞いていたジョウが舞子を見上げた。

「カナだけじゃなくてね、パパがマーカスも連れて帰ってくるんだって」

ジョウの髪を掻きあげながら舞子が苦笑してみせた。

「またみんなでご飯食べるんだね。今日は何を作るの？」

来客があると聞いて、ジョウの目が輝いた。来客の日は舞子が特に腕によりをかけて料理をすることを知っていたのである。

「うーん、今日は冷蔵庫に何もないし、買い物に行く時間もないから、ピザを取ることにするわ」

舞子がジョウにそれでいい？　と尋ねるような目をして言った。

「ピザ⁉　やったー。僕、ハワイアンピザがいい！」

「カナディアンベーコンとパイナップルが載ってるやつね。オーケー。すぐ電話をかけましょう」

ピザと聞いて自分の作った料理よりも嬉しそうにするジョウを見て苦笑しながら、舞子はデリバリーの注文をするために受話器を取った。


一時間後、舞子の家のダイニングテーブルには、ケビン、マーカス、可奈、ジョウ、舞子の五人が特大のハワイアンピザと、大皿に盛られたバッファローウイングを囲んでいた。ジョウは自分の希望どおりのピザが届いたと上機嫌で、ケビンとマーカスはカナダ産のラガービールを片手に空腹を満たすのに神経を集中させていた。二人は昨日からまともな食事も摂らずに仕事をしていたらしく、食事中は殆ど口も利かずに黙々と片っ端からピザとスパイスの効いたチキンウイングを片付けていった。可奈と舞子はそんな男たちの豪快な食べっぷりを横目に、自分たちも食べそびれないように、それぞれの皿にピザとチキンウイングを確保して、自分たちのペースで食事をしていた。

ジョウは大人たちとの食事に飽きたのか、いつの間にかピザを片手にリビングのコーヒーテーブルの前に座って、お気に入りのテレビ番組を見ている。舞子の家で飼っているレトリバーの仔犬イチローが匂いを嗅ぎつけて、鼻をヒクヒク動かしながらジョウの足元でお座りをしていた。

「可奈さんが、一週間のうちに二度も家にくるなんて珍しいわね。どういう風の吹きまわし？」

手についたソースを紙ナプキンで拭いながら

舞子が尋ねた。

「マーカスに呼ばれたのよ。今夜ここで話したいことがあるからって」

ピザを頬張ったまま答えた可奈の声がくぐもった。

「マーカスが？」

舞子がマーカスのほうに目をやると、ピザを一通り制覇した彼が、うんうんと首を縦に振っていた。ケビンが可奈が来ているのを見ても、何も言わなかった理由が舞子にはようやく分かった気がした。予めマーカスからその旨を伝えられていたのだろう。

「さて、先日のジョシュアの自殺の件なんだが……」

食事が一段落したところで、マーカスがようやく口を利き、三人を眺めた。

「ジョシュアの死が自殺じゃないっていう証拠がいくつか見つかったかしら？」

可奈がニヤリと笑ってマーカスを見て言った。

「ど、どうしてそれを知ってるんだ？」

マーカスが心底驚いた顔をして可奈を見た。ケビンは不機嫌そうな顔でマーカスを睨んでいる。

「司法解剖の結果が出たんでしょう？　彼は散弾銃の持ち手で頭を殴られていたんじゃない？」

平然として答える可奈を三人が信じられないという顔をして見つめた。

「そのとおりだ。ジョシュアは後頭部を殴られていた。かろうじて原形を留めていた後頭部から、傷痕が見つかったんだ。解剖の結果、その傷口と散弾銃の持ち手の先の部分が一致した」

マーカスの答えに可奈が頷いた。

「最初に、あのスノクォールミー署のお巡りさんとジョシュアの遺体を確認したときに、散弾銃を持ち上げたら、調度持ち手があった下のカーペットに血を擦りつけたような跡があったわ。持ち手の先を見たら、少しだけ毛髪と血痕が残っていたの。そのときは、あまり気にも留めなかったんだけど、しばらくしておかしいなと思ったのよ」

三人は黙って可奈の話を聞いていた。

「多分彼は、まず頭を逆さに持った散弾銃で後ろから殴られて昏倒させられたあと、ベッドに座らされて、立てられた散弾銃の銃口に顎を持たせかける形を取らされたんだと思うんだけど……。ほら、こんな感じよ」

そう言って、可奈は立ち上がると、立てかけてあったジョウの野球のバットを持ってきて再び椅子に座り、立たせたバットを抱きかかえるような姿勢を取り、バットの先に顎を載せた。

「きっと犯人はこういうふうにジョシュアを座らせて、彼の爪先を引き金の上にかける姿勢を取らせて、引き金を引いたんじゃないかしらね」

足の親指を引き金に引っかける形をさせながら、可奈が説明した。

マーカス、ケビン、舞子の三人はただ感心して頷くばかりだった。

「でも犯人にとって不幸だったのは、犯人が望んでいたようにジョシュアの頭部全体が吹き飛ばなかったってことね。散弾銃は一つの銃弾のなかに小さな弾がいくつも詰められていて、発射されると同時に殻が割れてその小さな弾が四方に飛び散るようになっているけれど、銃口と彼の頭部が接触していたために、弾が完全に広がる前に、彼の頭部の前面だけを貫通してしまったのね。わたしたちにとっては、かろうじて他殺の証拠となる後頭部が残ったってわけ」

そこで可奈は一息ついて、グラスに残っていたビールを飲み干した。

「確かに論理的には筋の通る推理だな」

黙って話を聞いていたケビンが呟いた。

「問題は、誰が何の目的でジョシュアを殺したのかということと、オートロック式のあの離れに、犯人がどうやって侵入したのかということだ」

「サラを殺した犯人が、ジョシュアに罪をなすりつけるために殺したんじゃないの？」

舞子がもっともな発言をした。

「確かに、そうかもしれない。でも、それだけじゃ動機が甘すぎないか？　いや、そうじゃない。サラ殺しのほうは、わざわざ急いでジョシュアを殺さなくても、捜査の目はとっくにジョシュアのほうを向いていたんだ。もっと他に切羽詰まった動機があるんじゃないかと、僕は思う」

ケビンの意見に他の三人が頷いた。

「犯人は、余程焦っていたのか、あといくつかミスを犯してるしね。ケビン、あなたマーカスが持ってきたジョシュアのコンピューターや他のものを見て何か気づかなかった？」

可奈の言葉に、腕を組み考え込んでいたケビンが顔を上げた。

「どういうことだ、それは？」

「プリンターから出ていた、あの紙よ。『I did it.』そう書かれていたでしょう？　あの用紙はプリンターに備え付けてあった他の紙とは違う種類のものだったわ」

「そうなのか？」

まったく気づかなかったという顔をしているケビンとマーカスを可奈が呆れたように交互に見た。

「そうよ。プリントアウトされていた用紙は真っ白の少し光沢の入ったレーザープリンター専用の用紙のようだったけれど、ジョシュアが使っているものは、ジェットインク機で、彼は普通のリサイクルのコンピューター用紙を使っていたわ。比べてよく見ないと分からないけれど、一緒にあったんだもの。気づかないほうがどうかしているわ」

可奈の口調がやや苛立っていた。久しぶりに彼女の「怒りんぼう」が顔を出し始めたらしかった。


「まあ、そんなことは大したことじゃないわ。犯人がやりすぎて失敗しただけのことだもの。ねえマーカス、あなた昨日スノクォールミーの別荘まで行ったんでしょう？　何か見つかった？」

可奈に質問をされて、今度はマーカスがぎくりと緊張する番だった。

「ああ、言われたとおり行ってきたよ。君が言ったように別荘の周辺も見てきた」

「それで、何か見つけた？」

可奈が先を促した。

「別荘の手前に車が一台やっと通れるくらいの脇道があった。みんな分からないと思って捨てていくのか、使えなくなった冷蔵庫とか洗濯機なんかが捨ててあったな。意外に車の乗り入れも多いみたいで、タイヤの跡がいくつかあった。

いや、それはどうでもいいんだが、行き止まりになったところが、ベイカー家の離れのちょうど裏手になっていたんだ。もしかすると犯人はそこから離れに侵入したのかもしれないな。でもそれだけだ。他には特に気がつかなかった」

「もしかするとじゃないわよっ！　そこに車を停めて、離れに行ったに決まってるじゃないの。一体何のためにスノクォールミーまで行ってきたのよ。まったく呆れちゃうわ」

苛々と話を聞いていた可奈の怒りが噴火を始めた。

「な、何をそんなに怒ってるんだ？　離れの見える脇道は見つけたが、離れに入るためのカードキーも、ましてや殺人に関係のあるものは見つからなかったんだぞ」

可奈の怒りにたじたじとなったマーカスが言い訳をする。

「もう一度行って、一番新しいタイヤの跡を調べてきて。ついでに散らかってた粗大ゴミも片付けてくるといいわ」

さらに追い討ちをかけるように可奈がマーカスを睨みつけた。

「可奈さん、どうしてその脇道にこだわるの？」

可奈に怒鳴られてしょぼくれているマーカスの代わりに舞子が尋ねた。可奈は舞子のほうを向いて、よく聞いてくれたわねというような顔をしてこう答えた。

「だってわたし見たんだもの。犯人かもしれない人間が乗っている車を」

「な、何だって？　犯人を見た？」

ケビンが大きな声を上げて聞き返した。

「そうよ、見たわよ。わたしだけじゃないわ。

ねえジョウ、ちょっとこっちにおいでよ」

リビングでテレビに夢中になっているジョウを可奈が呼んだ。ジョウは面倒臭そうに立ち上がると、可奈の隣に立ち「なあに?」と聞いた。

「ねえ、この間スノクォールミーに行ったとき、ぶつかりそうになった車、あれどんなのだった?」

可奈が尋ねると、ジョウはしばらく思い出すような仕草をしながら、「白くて大きな四角い車」と答えた。

「そうそう、白だったよね。あれって何ていう車だっけ?」

可奈が尋ねたが、舞子にはジョウが車に興味がないことを知っていたため、これは少し無理がある質問だと思った。案の定ジョウは考え込むように、親指を噛んで下を向いていた。が、突然何か思い出したように顔を上げた。

「車の後ろの窓の下に、Lのマークが付いていた!」

ジョウの得意そうな満面の笑みが、可奈を見上げた。

「君は賢いねえ。ここにいる無能なディテクティブとは大違い。今日から、君のことを小林少年と呼ぶことにするわ」

可奈は微笑み、ジョウの頭をくしゃくしゃっと撫でた。

「コバヤシ? ショーネン? それって、スーパーヒーロー?」

アメリカで育った五歳児が、江戸川乱歩を知るはずがない。マーカスは、自分が馬鹿にされていることは理解できたようで、面目ないといった表情だ。

「L……？　スティーブのレクサスか⁉」

マーカスが絶句するのを見て、可奈が満足そうに頷いた。

「気がついていたのなら、どうしてあの日何も言わなかったんだ？」

落ち着きを取り戻したマーカスが可奈に尋ねた。ジョシュア殺しの容疑者がスティーブだという可奈の発言で、事件はまた新たな展開を迎えようとしていた。

「証拠もない、動機も分からないのに、あなたがジョシュアを殺したんじゃないですかとは訊けないわよ。だからあなたにもう一度スノクォールミーに行って、もっと証拠になるものを探してきてと言ったんじゃない。それに、あのときにはわたしにも確信が持てなかったわ。スティーブがジョシュアを殺さなければならない動機が分からなかったの」

「動機か……ジョシュアを自殺に見せかけて慌てて殺さなければならなかった理由。あのときは分からなかったって、今は分かるのか？」

今度はケビンが尋ねた。彼のほうも、可奈の観察力と推理に驚き、今ではすっかり彼女のペースに捕まっていた。

「ジョシュアのポケットに入っていたUSBメモリーよ。あの中に保存されていたデータを読んで、ジョシュアの死と、ケビン、あなたが捜査している事件が繋がったわ」

可奈の瞳がまっすぐにケビンに向けられた。

「そうだった。一番初めにあのUSBメモリーの中身を見たのは君だったんだ。忘れていたよ。うちの署に送られてきたあの名簿を見たんだろう？」

ケビンの言葉に可奈が黙って頷いた。

「ジョシュアは、昨年の秋にサラの身に起こっている許せない事実を知ってしまった。スティーブがサラを性的に虐待しているという事実をね。ジョシュアはスティーブの下で働いていたことがあったのだから、もしかすると彼の異常嗜好に以前から気がついていたのかもしれない。でも、その直接の被害に遭っているのが自分の娘だと知り、彼を告発することを決めたのだと思うわ。でも、裏で嗅ぎ回っていることをスティーブに気づかれてしまった」

可奈の言葉に、舞子とマーカスが頷いている横でケビンだけが何かを考えているようだった。

「何か気に入らないことがあるみたいね」

ケビンの様子に気づいた可奈が言った。

「いや、君の推理は間違っていないと思う。俺も同意見だからな。ただ、匿名の手紙を送り続けてきたのがジョシュアだとすると、一つ腑に落ちない点がある。最後に送られてきた手紙、あれは年が明けてから送られてきたものだ。消印はシアトルだった」

「それがどうかしたの？」

舞子が尋ねた。

「ジョシュアは大晦日の事件以来、一度もスノクォールミーを出てはいないんだ。シアトルから手紙が出せるわけがない」

「ジョシュアの手助けをしていた人間がいるというわけか」

マーカスがそう言うと、ケビンがそうだというように首を縦に振った。

「それじゃあサラを殺したのもスティーブということになるのかしら？」

舞子が呟くように、声を落として言った。

「ジョシュア殺しがこういう展開になると、その可能性も強まってくるな。ただ、これはもう一度それぞれの人間関係を調べ直してみる必要がありそうだ。彼のような大物を逮捕するとなると、ちょっとやそっとのことでは、署としても動きが取れない。俺はもう一度スノクォールミーへ行って、あの周辺を調べてくる」

マーカスが可奈のほうをちらりと見ながら言ったが、可奈は知らん顔をしていた。

きゃんっ！

突然リビングのほうで、犬の叫び声が聞こえ、四人が驚いてそちらの方向に目をやると、ジョウが仔犬のイチローをカウチの上にあったクッションで押さえつけ、羽交い絞めにしていた。

「ジョウっ、何をしてるんだ。やめなさいっ」

ケビンが慌てて駆け寄り、イチローを拳で叩いていたジョウを引き離して、叱りつけた。

「何てことをするんだ。小さい動物にこんなことをしたら死んでしまうんだぞ」

「でも……だって、イチローがボクが残していたピザのベーコンを取って食べたんだ。だからボク、イチローにお仕置きしたんだよ」

自分が叱られている意味が分からないというように、困惑した顔のジョウが項垂《うなだ》れた。

「ジョウ、お仕置きって、そんなこと誰から聞いたの？」

舞子がジョウの隣に跪《ひざまず》いて、彼の顔を覗きこむようにして尋ねた。これまでジョウがどんな悪戯をしても、絶対に手をあげたことのなかった舞子は、ジョウの言葉にショックを受けていた。それはケビンも同様だった。

「カイルだよ。カイルが言ったんだ。悪いことをしたら、こんなふうにお仕置きされるんだって。カイルの妹は言うことを聞かなかったり、失敗したりしたときにはいつもママからこうやってお仕置きされてるんだって」

両親に叱られて、ジョウは今にも泣きそうになっている。

「カイル？　カイルがそんなことを言ったの？カイルのママが妹をそんなふうに叱るって言ったの？」

舞子がジョウの肩に手を掛けながら訊き返すと、ジョウはこくりと頷いた。

「ジョウ、ママがこれから言うことをよく聞いてね。イチローみたいな仔犬や、ジョウやカイルやサラみたいなまだ小さな子供が、ママやパパの言うことを聞かなかったり、失敗をしたりするのは当たり前のことなの。ママもパパもジョウを叱ることはあるわ。でも、感情に任せて怒って、叩いたり傷つけたりすることは絶対にしてはいけないことなの。ママもパパも、ジョウにはそんなことしないでしょう？　だから、ジョウも、もうしないでね。約束してくれる？」

舞子がジョウの腕を撫でながら優しく静かに言うと、ジョウは舞子の目を見つめて「ごめんなさい。もうしない」と素直に謝った。

そんな三人の様子を見ていたマーカスと可奈の目が合った。可奈の言いたいことをマーカスが読み取ったように「やはり本格的にベイカー家の人間を調べたほうがいいな」と言い、可奈が無言のまま頷いた。

4

愛子は夢を見ていた。

雪明りが差し込む、薄暗い廊下を彼女は歩いていた。蒼白い光に照らされて、歩を進めるたびにナイトガウンの裾から覗く爪先が同じように蒼く、白く浮かび上がって見えた。

廊下の突き当たりにある部屋の扉を開け、中へ入ると、出窓から月明かりが差し込み、白くぼうっと明るかった。

ベッドの上に少女が眠っていた。微かに開いた唇の奥から、小さな白い歯が覗いていた。目を閉じた少女の長い睫、二重瞼のライン、その下にある蒼い瞳、完璧な曲線を描く頬から顎の輪郭、少しウェーブのかかった薄茶色の髪、月に照らされたその顔は、この世のものとは思えない美しさだった。異様なまでのその美しさに愛子は息苦しくなり、目眩《めまい》がした。それでも、彼女の顔から目を逸らすことが出来なかった。

少女を覆っていたブランケットに手を掛け、それを剥ぎ取ると、彼女の着ている淡いピンクのパジャマが現れた。そのパジャマの裾から出ている白い足も、やはり窓から差し込む月の明かりに照らされてぼうっと光り、浮かび上がって見えた。おもむろにパジャマのズボンに手を掛けた瞬間、愛子の心の中に怒りがふつふつと湧き起こった。少女の腰から下がぐっしょりと濡れていたからだ。

「起きなさい」

低い声で言いながら、愛子は少女の肩を軽く揺さぶってみた。目を覚まさない少女にさらに苛立ちを感じ、少女の着ているパジャマを乱暴に剥ぎ取り裸にした。それでも少女は目を覚ます気配がない。

愛子の怒りは頂点に達し、ベッドの上の羽根枕を掴み取ると、少女の顔をそれで覆い、腕をつねった。少女の足が一瞬びくりと動いたように感じた。それでも、少女の顔を枕で押さえつけたまま、気の済むまで腕を、太ももを叩き続けた。その間、少女は一度も声を上げず、動かなかった。

突然、少女にした仕打ちが恐ろしくなって、愛子は後退る。彼女の異常に気がついたのはそのときだった。

恐る恐る、少女の顔から枕を持ち上げたとき、彼女の身体は凍りつき、声にならない叫びを上げた。

枕の下にあったのは、あの美しい少女の顔ではない。

そこに横たわっていたのは、愛子自身の死体だった。

わけが分からず、恐怖に髪を掻き乱しながら後退ると、突然死んでいるはずのベッドの上の愛子が目を開けた。そして、まっすぐ愛子のほうへ向けられた茶色の瞳から、一筋の涙が零れ落ちた。

「ママ……」

ベッドの上の愛子が言った。

「ママ、わたしのことが嫌いなのね」

髪を掻き毟《むし》りながら、愛子は激しく首を横に振った。

「ママ、どうしてわたしのことを愛してくれないの？　ママ……ママ……」

責めるように問いかける愛子の声が木霊し、

しゃがみこんだ愛子は耳を塞ぎながら「やめて！」と叫び続けた。

——やめて！

自分の叫び声に目を覚まし、飛び起きて自分の顔に手をやると、愛子のその頬は涙でぐっしょり濡れていた。そして彼女はそのまま顔を覆い、いつまでもベッドの中で子供のように泣きじゃくった。


可奈とマーカスが舞子たちの家を訪れた日から二週間が経っていた。あれからケビンは、自分の担当している事件の捜査で忙しく、ろくに家に戻らない日が続き、可奈とマーカスからもあの日以来何の音沙汰もなく、舞子は事件がその後どのような進展を見せているのか分からないまま時を過ごしていた。

ジョウはあの夜以来、仔犬のイチローを苛めることはなかったし、本人も叱られたことを忘れたかのように毎日元気に学校へ通っていた。

一週間ほど前に、ローラからカイルと共にシアトルのベイカー家に戻ったと連絡があった。彼も間もなく学校へ戻ることになるが、その前に一度、シアトルの家にも訪ねてきて欲しいと彼女は言った。そのときは、もちろんジョウも一緒にと、彼女は付け加えた。カイルがジョウに会いたがっているらしかった。息子のジョウがカイルに怪我をさせてから、心のどこかに錘《おもり》を抱えていた舞子の気分が、その言葉で和らいだのは言うまでもなかった。

舞子にとっては穏やかな毎日だと言ってよかった。全てが日常に戻ったような感じだった。しかし、その日の朝、いつものように学校へ出勤していた彼女に一本の電話がかかってくることによって、また舞子は再び真の現実へ引き戻されることになった。

午後、舞子はシアトルのベイカー家に戻っているカイルとローラを訪ねた。

「課外授業……ですか？」

いきなり午後の間、カイルをダウンタウンにあるシアトルセンターへ連れて行きたいと申し出た舞子に、ローラが戸惑った表情をして言った。

「ええ、シアトルセンターにある博物館に連れて行ってあげたいな……なんて思ったものですから。突然ということは承知しています。ダメでしょうか？」

我ながら苦し紛れの誘いだと、舞子は内心感じていた。しかし、舞子はこれからここで起こることを、夫のケビンから聞かされていた。それをカイルに見せることは出来ないという気持ちから出た行動だった。

「二、三時間くらいでしょうか？　あまり遅くならないのなら……」

ローラは舞子の突然の申し出に心配そうな顔をしながらも、舞子がカイルを外へ連れて出ることを承知した。

「ありがとうございます。そんなに遅くはならないと思います」

「それじゃあ、カイルを連れてきますから少々お待ちください」

ローラが奥に消えるのを確認して、舞子は時計を確認した。針はそろそろ二時を指そうとしている。ケビンが予定どおりに行動していれば、間もなくここへキング署の二人が現れる筈だ。舞子はそっと額の汗を手のひらで拭った。

ジョウが負わせた顔の傷もすっかり癒えたカイルは、舞子が外へ連れ出してくれると聞き、喜んで舞子の車に乗り込み、カイルが嫌がったら、という舞子の不安は解消された。

舞子がカイルのシートベルトを締めたところで、見たことのあるキング署の覆面パトカーがベイカー家のドライブウェイにゆっくりと乗り入れてきた。

「あ、ジョウだ」

後ろの座席に座っているジョウを見て、カイルが言った。

車から降りてきたのは、ジョウ、ケビン、マーカス、そして可奈の四人だった。

「ママ！　パパが学校まで迎えに来たんだよ。ママとカナがシアトルセンターに連れて行ってくれるの？　ママ、ボクね、パトカーに乗せてもらったよ」

興奮して駆け寄ってきたジョウを見て、舞子は全てが予定どおりに進んでいることを了解した。すれ違いざまに舞子がケビンに目をやると、彼は黙ったまま頷いた。可奈はさっさとジョウのチャイルドシートを舞子のグランド・ジープ・チェロキーの後部座席に乗せると、ジョウに「ほら乗って」と促した。

舞子はケビンとマーカスとは言葉を交わさず、車に乗り込み、エンジンをかけた。ベイカー家のドライブウェイを出るとき、パールホワイトのレクサスLXが、舞子の車と入れ違いでドライブウェイに乱暴に乗り入れてきたが、運転席のスティーブは携帯電話で誰かと話をしていて、舞子たちには気がつかなかったようだった。

「あの二人、大丈夫かしら」

バックミラーの中のベイカー邸が遠ざかっていくのを見つめながら、舞子が呟いた。

「呑気に見えて、二人とも優秀だから、心配することないわ」

そう答えた助手席の可奈も、緊張した表情で後ろを振り返った。

これから起こる逮捕劇——後部席にある、何も知らない子供たちの無邪気な笑顔が、二人の心を重くした。


一時間後、不安な気持ちのままぼんやりと、ジョウとカイルの遊ぶ姿をシアトルセンターのベンチで眺めていた舞子の携帯電話が鳴り始めた。

「ハロー？……うん、分かったわ」

短くそう言って電話を切る舞子を、可奈が見ていた。

「終わったって？」

可奈も今の電話の意味することを承知している。舞子は無言のまま悲しそうに首を縦に振った。

「じゃあ、そろそろ帰ろうかー？」

サイエンス・ディスプレイで遊んでいたジョウとカイルに、可奈が呼びかける。

「えー、もう帰るの？　まだ遊んでいたいよ」

真っ先に不満の声を上げたのはジョウだった。隣でカイルもまだ物足りないといった表情をして頷いている。

「ローラが心配するからね。今日はこれで帰ろう。また連れてきてあげるから」

可奈の説得に、二人は渋々承知し、四人はベイカー邸へと戻って行った。

5

ベイカー邸で舞子たちを迎えたのは、ローラただ一人だけだった。ケビンが乗っていたパトカーがなくなっており、ドライブウェイがひっそりとしている。

「ミセス・ライカー！　あなたと入れ違いに、先日のキング署の刑事さんがみえて、スティーブとアイコが……」

動揺しきったローラが、車を降りる舞子たちに駆け寄ってきた。続けて何かを言おうとするローラを、舞子が片手を上げて制する。

「カイル、ジョウにあなたのお部屋を見せてあげてくれるかな？」

舞子がカイルを見ると、取り乱すローラを不安げに見ている。

「う、うん、いいよ。ジョウ、おいで」

ローラを気にしながら、ジョウを誘い、カイルは家の中へ消えていった。

「子供たちには聞かせないほうがいいと思います」

二人がいなくなったのを確認して、舞子は弱々しくローラに微笑みかけた。

「ミセス・ライカー、まさかあなた……」

はっと手を口に当てるローラに、舞子は悲しく頷くことしか出来なかった。

暖炉の炎が明々と燃えているリビングルームへ二人を招きいれ、紅茶を運んできたローラは、それまで刑事たちが座っていた向かいのソファーへ腰を下ろし、舞子たちのいないあいだに起こったことの顚末を語り始めた。

「あなた方が出て行ったのと入れ替わりに、刑事さんが二人いらして、スティーブが戻ってきたんです」

たった今舞子たちが入ってきたリビングの入り口に視線を移したローラの頰は紅潮し、その表情は険しかった。

「そんな筈はないっ！　何かの手違いだ。何とかするから、とにかく少し時間をくれ」

ホールにスティーブの声が響き渡り、それと同時に携帯電話を手にしたまま、明らかに困惑した表情の彼がリビングルームに現れた。そんな彼を出迎えたのは、革のソファーに並んで腰を下ろす、ケビンとマーカス、不安な表情でティーカップの載ったトレイを手に立ちすくむローラ、そして部屋の奥にあるサンルームで、一人ぼんやりと庭を眺めている愛子だった。

「な、なんだね、君たちは……」

招かざる客を、スティーブは動揺した表情で睨みつけた。

「こんにちは、ミスター・ベイカー。先日はどうも」

マーカスが立ち上がると、スティーブがその顔を思い出したようだった。

「ああ、スノクォールミーで会った刑事か」

マーカスがにこやかに頷く。

「何かお困りのようですが……」

手のひらの開いたままの携帯電話に視線を落としたスティーブに、マーカスが声をかけた。

「い、いや……なんでもない。君たちは何の用件でここへ来たのかは知らないが、急ぎでなければ出直してくれないか？」

落ち着きを装ったスティーブは、椅子に腰掛け、迷惑そうに、マーカスとケビンを交互に見た。

「お忙しいところを恐縮なのですが、実はこちらも急な用なのです。ああ、紹介が遅れました。こちらはキング署特別犯罪捜査課の、ライカー刑事です」

穏やかにケビンが手を差し出すと、スティーブも握り返し、訝る表情で二人を見比べた。

「特別犯罪だと？　そんな課の刑事が、わたしに何の用事があるというんだね？」

どちらへともなく尋ねるスティーブの声には苛立ちが感じられた。

「特別犯罪捜査課というのは、コンピューターやインターネットを使った犯罪を捜査するところなんです」

膝の上で手を組んだケビンが、和やかに話し始めた。

「実は先日うちの署でお預かりした、ジョシュア・ウィリアムのコンピューターのことで、お伺いしたいことがあります」

相手の深意を観察するように、ケビンを見つめたまま、スティーブは無言のまま彼の話の続きを待った。

「そんなに恐い顔をなさないでください。言ってみれば、あなたは被害者なのですから」

緊張した空気を緩めるかのように、マーカスが口を挟んだが、スティーブの表情は固いままだった。

「大変お気の毒ですが、ジョシュアはコンユーターを使い、あなたの個人情報をはじめ、色々なことを悪用していたことが分かりました」

「ジョシュアが……？　彼が一体何をしたというんだ？」

　スティーブの顔色が曇った。

「実は押収された遺留品の中に、こんなものを見つけましてね。中身を確認したところ、あなた名義の銀行口座のアクティビティー記録などが出てきた。彼はその口座にあった全ての金を引き落としているんです。ネットハッキングです」

　ケビンが、可奈から渡されたUSBメモリーを取り出すと、スティーブの顔色が変わり、それをケビンから奪い取ろうとした。

「まだお返しすることは出来ません。証拠品ですから」

　機敏にケビンが手を上げ、スティーブを阻止する。

「あ、あいつが死ぬ前にやったのか……。いや、あの男は以前、わたしの会社にいたときも、ハッキングで会社の金を横領しようとしたことがある。五年ほど前だ。公になる前に、わたしが拾ってやったのに、まったくなんてことをしてくれたんだ……」

　額に手を当てながら、スティーブが吐き捨てるように呟いた。

「先ほど、とても取り込んでおられるようでしたが、その銀行口座のことで、何かトラブルがあったのではないですか？」

　落ち着いた態度を崩さないケビンが、スティーブを見つめた。

「いや……。ああ、そうだ。そのことで電話がかかってきたんだ。でも、ジョシュアがやったと分かれば解決するかもしれない。ここからはわたしがやるから、君たちは帰ってくれたまえ。ご苦労だったね」

携帯電話を手に取り、スティーブが席を立った。

「ところが、これで終わりではないのです、ミスター・ベイカー」

ケビンが立ち去ろうとするスティーブを引き止め、椅子に座るよう促す。

「まだ何があるというんだ？　こっちは忙しいんだ」

スティーブが憤りを顕わにするが、ケビンは意に介さない。

「ネットハッキングは犯罪です。ましてや個人の銀行口座に手を加えたとなると、これは重罪だ。しかしね、ミスター・ベイカー、我々は、もっと大きな犯罪を、この小さな遺留品の中から見つけてしまったのですよ」

怒りに満ちていたスティーブの顔が、突然怯えたように硬直し、ケビンを見つめたまま絶句した。

「彼が保存していたファイルの中には、未成年、それも児童を使ったポルノサイト、海外のシンジケートと提携した児童売買の情報が保存されていました。もちろん、それらを利用している会員の名簿もです。そして、その組織から得られる収入の全てが、ジョシュアがハッキングした、あなたの銀行口座へ振り込まれ、マージンが海外のシンジケートの口座へ流れているらしいことが分かったのですよ。ミスター・ベイカー、お気の毒ですが、あなたには署に同行していただいて、詳しい事情をお訊きしなければならないようです」

ケビンが話し終えても、スティーブは沈黙したままだった。

「それから、もう一つ……」

代わってマーカスが口を挟んだ。

「ジョシュアの死の件に関しても、お訊きしたいことがあります。あなたは、彼の死亡当時、シアトルにいたと仰いましたが、あの日銃声が聞かれたすぐ後、あなたの愛車をスノクォールミーの別荘の近くで見たという人物が現れたのです」

「そ、そんな馬鹿な話があるものか。わたしはあの日、ローラに電話で呼ばれるまでシアトルにいたんだ。彼女だってそれを証言しているじゃないか」

スティーブの声が僅かに震え、同意を求めるようにローラを見た。

「わたしもね、最初はそこが分からなかったのです。ところが調べたところ、あなたのオフィスの電話は、誰も出なければ自動的にあなたの携帯電話に繋がるようになっている。シアトルにいなくても、あなたはいつだって電話に出られるんです」

マーカスの言葉に、スティーブの顔から血の気がすっと消えた。マーカスは続ける。

「目撃者が現れたとなると、捜査するのが我々の仕事なのです。どんな小さな情報であっても無視するわけにはいきません。特にそれが殺人事件となれば尚更です。先日、スノクォールミーの現場の辺りを、わたしはもう一度調べてきました」

マーカスが大げさとも言える表情で、形だけの同情を示した。

「殺人事件だと？　ジョシュアの死は、自殺で解決した筈じゃないか」

スティーブの目に、怒りと動揺の色が広がり、膝の上で固く握りしめた拳がぶるぶると震えている。

「スノクォールミーのお宅のドライブウェイに差し掛かる手前には、ちょっとした脇道があって、そこに入って進むと、別荘の敷地の裏側に出ましてね。あの辺りは粗大ゴミを捨てていく人間がいるらしくて、壊れた電化製品や、乗り入れた車のタイヤの跡が沢山ありました。困ったものですね。道路から見えないからと、他人の敷地にゴミを捨てるなんて、スノクォールミー市は、もう少しその辺を取り締まるべきです。ただね、いくつかあるタイヤ痕の中に、まだ比較的新しい大型の車種のものと思われるものがありました。それがあなたのレクサスＬＸに着けられているものと一致したのです。それともう一つ、捨てられていた壊れた洗濯機の中から、血痕の付いたレインコートが出てきました。鑑識に回したところ、硝煙反応とともに、血痕がジョシュアの血液型と一致するとの結果が出ました。ミスター・ベイカー、それでもまだあなたは、あの事件があった時間、シアトルにいたと仰いますか？」

スティーブはマーカスを睨みつけたが、微かに震える唇は固く閉じられたままだった。

「我々はこう考えるのですが……」

マーカスの横で、黙っていたケビンが口を開いた。

「五年前、ジョシュア・ウィリアムはあなたの下で働いているとき、会社の金を横領して首になった。それをあなたがカイルの家庭教師として拾ってやったといったが、実はジョシュアはあなたの代わりに罪を被ったのでないでしょうか」

「ど、どういうことだ、それは？」

スティーブの声は掠れている。

「ジョシュアには、ちょうど同じ頃、あなたに対して償わなければならないことがありましたね。あなたの妻である、アイコ・ベイカーを妊娠させてしまったのです。それで彼を追い詰め、あなたは海外の児童売買のシンジケートと契約するための資金を、会社の口座から彼に横領させ、その後彼の生活の面倒を見ることで、あなた方二人のあいだには、プラスマイナスゼロの商談が成立した。それ以後二人のあいだで、そのことについて触れられることはなかったし、あなたの方では、とっくに終わったこととして、この五年間は過ぎていた。しかし、ジョシュアは昨年の秋、ある衝撃的な秘密を知ってしまいました」

「何の根拠もない想像だ。仮にそうだとしても、それが何だというんだ」

反発するスティーブだが、その声に迫力は感じられなかった。

「ジョシュアは、あなたが彼の実の娘であるサラに対して、性的虐待を加えている事実を知ってしまったのです。憤慨した彼は、あなたのその異常性嗜好だけでなく、もっと大きな犯罪も告発することを思いついた。あなたの社会的地位、財産を壊してしまうことで、あなたに復讐しようと考えたわけです。残念なことに、サラはあなたを引きずり落とす前に殺されてしまい、計画も半ばにして、彼も亡くなったわけですが……」

無言でケビンを睨み続けているスティーブに、追い討ちをかけるように、マーカスが続いた。

「あなたはジョシュアの計画に気がついて、殺害を企てた。彼を昏倒させ、コンピューターの中身を見たとき、あなたは彼が集めていた資料を利用して、サラ殺害、児童性犯罪の罪まで彼に着せようと細工を計った。ただ、ジョシュアもあなたが気がついていることを薄々感じていたのでしょう。万が一のときのために、一番大切なファイルだけは、USBメモリーに保存して、隠していたのです」

「サラを殺したのはわたしじゃないっ！　あの子は、あの夜わたしがサラの寝顔を見るために部屋へ行ったときには、もう死んでいたんだ。あの子を……わたしの大切なサラを殺したのは、アイコだっ！」

突然立ち上がったスティーブが、サンルームでガーデンチェアに座っていた愛子の腕を掴み、リビングルームまで引きずると、柔らかいカーペットの床に彼女をたたきつけた。愛子は悲鳴を上げながらも、スティーブのなすがままにされ、投げ出されたまま床に額を押し付けて嗚咽し始めた。

「お前のせいだっ！　二十年前にお前に会ったときから、わたしの人生は狂い始めたんだ。それでもわたしは今の会社で地位を築き上げ、財産も手に入れた。それなのに、お前はまたわたしの前に現れて、全てを滅茶苦茶にしてきた。

わたしがサラを殺した？　サラを自分のいいように扱い、気に入らないことがあると折檻していたのはこの女のほうだ。お前がサラを殺したんだっ！」

　狂ったようにスティーブは叫び、愛子を蹴飛ばし、逃げようとする彼女の髪の毛を掴んで、首に手をかけたかと思うと、その両手に力を込め始めた。

「く、苦しい……やめて……」

　ケビンとマーカスが同時にスティーブに飛びかかり、彼の手を背中に回して押さえつけた。

「ミスター・ベイカー、これ以上やると、あなたをドメスティック・バイオレンスの現行犯で逮捕しなければならなくなりますよ」

　スティーブを押さえているケビンが息を切らしながら叫んだ。彼の手の下で、スティーブが半狂乱でもがき、抵抗している。

「は、離せっ！　捕まえるなら、あの女を捕まえろっ！　あの女が全て悪いんだ。あのときジョシュアと一緒に殺しておけばよかったんだ」

「ミスター・ベイカー、これ以上は何も言わないほうが身のためですよ」

　マーカスがケビンを助けながら、胸のポケットから一枚のカードを取り出した。

「ミスター・スティーブ・ベイカー。これよりあなたは沈黙を守る権利が与えられます。質問に答える必要もありません。分かりますか？　これからなされるあなたの行動、発言は、いかなることでも裁判での証言の対象となります。分かりますね」

　取り出したカードに書かれていることをマーカスが淡々と読み上げると、それまで暴れていたスティーブが、突然力が抜けたように静かになった。

「わ、わたしを逮捕するというのか……」

最初の二項目を読まれた時点で、スティーブにはマーカスの手の中にあるカードが何であるかを悟ったようだった。

――ミランダ警告。

アメリカで法的機関が、被疑者を逮捕する際には、必ず提示され、読み上げられなければならない、被疑者側の権利事項である。被疑者は黙秘権を与えられる代わりに、その後なされた行動、発言は全て裁判で証拠として取り扱われるという、警察側からの警告でもある。ミランダ警告は、全部で六項目あり、黙秘権の他に、弁護士を雇う権利などが含まれている。これが読まれない限り、逮捕は成立しないのである。


「ミスター・ベイカー、あなたをジョシュア・ウィリアム殺害及び、ワシントン州児童性犯罪法違反の容疑で逮捕します」

マーカスが警告を読み終え、逮捕の旨を告げると、ケビンに助けられながら立ち上がったスティーブは、観念したように項垂れた。そして、ずっとおろおろと目の前で繰り広げられる逮捕劇を眺めて立ちすくんでいたローラを見て、「弁護士に連絡してくれ」と小さな声で言った。

「ミセス・ベイカー、大丈夫ですか?」

床の上に座り込み、顔を覆って嗚咽をあげている愛子の方に、ケビンの手が触れ、彼女はびくりとして顔を上げた。

「あなたにもお嬢さんの死についてお訊きしたいことがあります。署まで同行してもらえますね?」

ケビンの声はあくまで優しかったが、彼女の嗚咽は慟哭へと変わり、ケビンに抱きかかえられるようにして立ち上がった。そして——。

「……そして、アイコは玄関を出るときに、ふと思い出したように、わたしのほうを見て言ったんです。『カイルのこと、よろしくお願いします』と」

長い話を終え、顔を上げたローラの目には涙が溢れて、今にも零れ落ちそうだった。

6

「あなたは、何もかもご存知だったのですね」

ローラが寂しそうに、舞子を見て弱々しく微笑んだ。

「ごめんなさい。今朝夫からベイカー氏の逮捕のことを聞いて……わたしに出来ることはカイルを外に連れ出すことだけでした。彼をそういう現場に立ち合わせるわけにはいかないと思ったんです」

舞子はそう言って、ローラに頭を下げた。

「スティーブだけではありません。アイコも、警察に一緒に連れて行かれました。スティーブが自分が犯した罪を隠滅するためにジョシュアを殺したなんて……。それに、彼女がサラを殺した容疑者だなんて、わたしには何がなんだかもう分からなくなってしまって。この家は、カイルはこれからどうなるのでしょう？　わたしは一体どうしたらよいのでしょう……」

ローラの目に涙が溢れ、彼女はこめかみに手を当て、深い溜め息を吐いた。

「どうしたらいいんでしょう……って、それがあなたの望んだ結果ではないですか」

「か、可奈さん何てこと……」

ベイカー邸に戻ってから一度も口を利いていなかった可奈が、突然静かに言った。さっきまで愛子が庭を眺めていたサンルームの椅子に深く身体を沈めている。

「それは一体どういうことですか?」

突然の発言に、二人は同時に声を上げ、可奈を見つめた。冗談ではなく、彼女の表情は真剣で、少し怒っているようにも見える。

「どういう意味も何も、ミスター・ベイカーとミセス・ベイカーが逮捕されることをあなたは望んでいた。そういう意味ですよ。舞子、あなたカイルを連れ出すとか理由をつけていたけれど、皆がいなくなった後に、ローラに訊きたいことがあったからっていうのが本当のところじゃないの?」

可奈が切れ長の目をさらに細めて、舞子を睨んだ。

「可奈さん、もしかしてあなたも……?」

舞子がずっと疑問に思い、心の中から消し去ることの出来なかった不安を可奈も知っていたのか、と彼女を見つめ返す舞子の目が語っていた。

「さあ、もうキング署の二人も、この家の主もいなくなったことだし、訊きたいこと、言いたいことを言ってしまいなさいよ」

可奈はそう言って、紅茶に口をつけて上目遣いで舞子を見つめた。舞子がローラの反応を窺うと、彼女は意外にも背筋をピンと伸ばして、舞子の言葉を待つかのように彼女を見据えていた。その目にはどこか諦め、何かを決心したようなところがあった。舞子は観念したように、身体ごとローラの方へ向いたが、首を横に振った。

「ダメだわ。わたしには聞けない。どこから話したらいいのか分からないもの。可奈さん、あなたが言って」

舞子は一つ大きな溜め息を吐いて下を向いた。

「まったくもう、しょうがないわね」

可奈が苛立ったように舞子を一瞥し、ローラに向かって肩を竦めてみせた。

「ローラ、これから言うことはわたしがこれまで事件を見てきて気がついたことと、想像が殆どです。間違ったことを言ったら、訂正してください」

ローラの顔に不安の色が広がったが、彼女は無言のまま頷いた。

それを確認してから、可奈が始めた。

「サラの遺体を新しいナイトガウンに着替えさせ、下着を取り替えてガレージに移動したのはあなたですね？」

いきなり何を言いだすのかと、舞子が驚いて可奈を見上げた。可奈は相変わらず冷静な表情でローラを見つめたままだ。ローラのほうを見ると、ローラも同じように目を見開き可奈を見つめ返していた。

「どうしてそれを……？」

「単なる思いつきです。でも根拠のない想像ではありません。サラの司法解剖に立ち会った医師によると、サラは殺されたとき、失禁していた筈なのに、ナイトガウンはおろか、下着も綺麗なままだった。殺されたあとに、誰かがサラを綺麗な下着と取り替えてあげたのだと思いました。サラの無残な姿を哀れに思った誰かが、です。そして、そういう気遣いが出来るのはこの家ではあなたくらいしか思いつきませんでした」

ローラは無言のまま何度も首を縦に振り、頬に一筋の涙が零れ落ちた。

「でも何故、サラの遺体をガレージに移動しなければならなかったのか。ここがわたしが最初に疑問に思った点でした。ミスター・ベイカー、もしくはミセス・ベイカーがサラを殺したのならば、遺体をそんなところに運んだりはしないと思ったのです。同じ別荘の建物の中なのですから、外部者の犯行に見せたいのならもっと適当な場所に移したはずです。あなたは疑われるのならば、誰でも良かった。ミスター・ベイカーでも、ミセス・ベイカーでも、ジョシュアでも。彼らは罪を擦《なす》りつけられて当然のことをしてきたからです。あの夜、サラをガレージに運んでからジョシュアにガレージの窓を閉めるように電話をかけたのも、あなたですよね？　あなたはミセス・ベイカーと偽って、ジョシュアに電話をかけ、別荘の外の雪の上に足跡を付けさせることで、サラ殺害の容疑者の可能性を広げたのです」

可奈はそこで一旦言葉を切り、冷めかけた紅茶を一口啜ってローラを見た。しかし、彼女は相変わらず何も言わず、時折零れ落ちる涙を拭いながら、じっと可奈の話の続きを待った。

「二十年前に、今回のあなたと同じことをした人がいますね。お話ししてくれませんか?」

可奈が突然話題を変えた。舞子は何のことだか分からなかったが、ローラには彼女の意味することが理解できたようだった。ローラは可奈が何もかも知っているのだと、気持ちを固めたように椅子に座りなおして彼女の方を見た。

「あなたが仰ったことは、殆ど本当ですが、一つだけ。わたしはジョシュアにサラを殺した罪を着せるつもりはありませんでした。あの夜、サラの遺体をガレージに運んで、部屋に戻った後、ガレージの窓が開いたままだったことを思い出したのです。あの夜は雪がかなり積もっていて、半地下に建てられたガレージの窓から雪が吹き込んできては、床に寝かされているサラが可哀想だと思ったのです。もう死んでいるのに、そのときは本気でサラが寒い思いをしては可哀想だと思いました。でも、わたしはサラの無残な姿をもう一度見るのが怖くて怖くて堪らなかったのです。わたしも頭がどうかしていたのかもしれません。二階の部屋からジョシュアの部屋の明かりが点いているのを見て、思わず電話をかけ、窓を閉めてくれるように頼みました」

　渇ききった喉を潤すように、ローラは一口紅茶を啜って続けた。

「話が逸れてしまいましたね。あなたのお聞きしたいのは、二十年前の話……アイコの母親が亡くなったときの話ですね。あなたが考えていらっしゃるように、全ては二十年前のあの日に始ったのかもしれません」

　可奈が無言のまま頷いた。

「当時十六歳だったアイコがある夜血相を変えて家へ飛び込んできたのを今でも覚えています。興奮していた彼女を落ち着かせて、母が事情を尋ねると、ボーイフレンドが運転していた車が人を撥ねたらしいと彼女が泣いて訴えたのです。ボーイフレンドは泥酔状態で、そのまま走り去り、怖くなったアイコは無理やり車を停めさせてそこから家まで歩いてきたと言いました」

「彼が撥ねた人物というのは、ミセス・ベイカーのお母様ですね」

まるで窓の外の天気のことのように、あっさりそう言った可奈を、ローラは驚きの目で見返したが、素直に頷いた。

「撥ねられたのが、彼女の母親だと分かったのは翌日の朝でした。一晩家に泊めてから、わたしの両親が彼女を家まで送り届けると警察の方が待っていて、彼女に母親の死を知らせたそうです。アイコは怪我のせいでバレエの夢を断たれてからは、外でよからぬ仲間と遊び歩いたりすることが多くなっていました。その日も夜中になっても帰ってこない彼女を心配して、外に探しに出て事故にあったのだろうと、わたしの両親は心を痛めましたが、彼女のボーイフレンドのことは警察には何も言わなかったのです。時間も遅く、目撃者もいないということで、事件は解決されないままになってしまいました。彼女はその後しばらくわたしの両親に引き取られて、わたしたちと一緒に暮らしましたが、高校を卒業すると同時に、海軍を退官されてシアトルに戻った父親のところへは帰らずに、一人暮らしを始めました。彼女はそれからカレッジにも通ったりはしましたが、職を転々として、ドラッグにも手を出したりと、生活は荒《すさ》んでいましたね。一度、結婚もしましたが、二年もしないうちに離婚して、家にも殆ど顔を出すことはなくなってしまっていました。それが、十年程前に、ひょっこりわたしの両親の家に現れて、お金持ちと結婚するのだと報告に来たのです。それが、今の夫のスティーブでした」

「ビジネスで成功していたベイカー氏と、そういう荒んだ生活をしていたミセス・ベイカーはどういう経緯で結婚することになったんだろうとずっと疑問に思っていたのだけれど……」

ローラの話を黙って聞いていた舞子がふと呟くように言った。

「ブラックメールよ。彼女は二十年前の事件の当事者であるスティーブに再会して、脅迫して結婚したのよ」

可奈の言葉に、舞子は驚きを隠せなかった。

「じゃあ彼女のお母様を車で撥ねたのはスティーブ……？」

舞子の驚きにさらに追い討ちをかけるように、ローラは意外にも首を横に振った。

「いいえ、あの夜、アイコと一緒にいたのはスティーブですが、車を運転していたのは実は彼女のほうなのです。それを知っていたのは彼女と、わたしの母だけでした。母は知っていて彼女を庇っていました。彼はあの事件の後、アイコの前から姿を消して、今の会社で成功していたのです。十年後偶然にそれを知った彼女が彼を脅して、当時の奥様と離婚させてスティーブと再婚したのです。泥酔していた彼は、ずっと車を運転していたのは自分だと思っています。彼はこの十年間、嘘の脅迫で、彼女に縛られ続けていたのです」

なんということだろう。この国では、轢き逃げで人が死んだ場合、時効というものがない。殺人事件と同様である。愛子はこの十年間、偽りのカードでスティーブを脅迫し続け、今の地位を手に入れたというのか。自分には想像もつかない愛子の心に、舞子は背筋が寒くなった。

「もともと愛情のない結婚ですから、二人の生活は初めから冷めたものでした。アイコは手に入れた華やかな生活に満足し、スティーブの財産を好き放題に使うといった状態でした。彼女はスティーブの財産の他に、自分の子供を持つという夢もありました。彼女はスティーブに子供が出来ないと知ると、ドナーによる体外受精でカイルを身籠りました。でも、彼女の欲しかったのは男の子ではなかったのです。彼女は、自分が果たせなかった夢を代わりに実現してくれる女の子が欲しかったのです」

愛子の過去を語るローラの目に憤りの色が浮かんでいた。

「それでジョシュアと……」

口を手で押さえ、あまりの驚きに舞子は継ぐ言葉が見つからなかった。

「サラが生まれてからは、彼女はそれはもうサラのことで頭がいっぱいだという感じでした。やっと上手く歩けて喋れるようになった頃から色んなレッスンをさせ、個人の先生を付け、サラを人前に出し、トップに立たせることに激しく執着していました。まだ幼いサラが言うことを聞かないと言っては、苛立った感情に任せて折檻することもありました。そんなアイコは、まるで亡くなった彼女の母親そのものでした。アイコの心は、ずっと前にどこかで歪み、壊れてしまっていたのかもしれません。彼女の母親の真意は計り知れませんが、やはりそんな屈折した愛情を受けて育った彼女は、同じようにしかサラを扱えなかったのです」

ローラの話を聞きながら、驚くと同時に舞子は苛立ちを感じ始めていた。愛子はサラを自分の欲望を満たすためだけのものとして扱ってきた。同じ母親として信じられないことである。愛子を知れば知るほど、彼女に対して憤りを覚えた。愛子のサラへの虐待はエスカレートし、死に至らしめた。ローラの口からはそれを証明することが次々に語られている。

しかし……舞子は解せなかった。それでは何かが噛み合わないのである。舞子の心の中で大きくなり、しこりのような糸の結び目は、まだ固く絡まったままだった。

「ジョウが先日、家で飼っている仔犬の顔をクッションで押さえつけて叩き始めたんです。悪いことをしたからお仕置きをするんだと言って、わたしを驚かせました。そういうことをどこで聞いてきたのかと尋ねたら、いつもそうやってサラはお仕置きされているんだと、カイルがジョウに言ったのだそうです」

意を決したように舞子が口を開いた。ローラは表情を変えずに、舞子の話の続きを待っている。

「ミセス・ベイカーはいつもそうやってサラに折檻を加えていたのですね、きっと。泣き声が外に漏れないように、またはサラの叫び声が自分の耳に入らないように、彼女はサラの口をそうやって塞いでいたのでしょう。でも、ジョウがあまりにもリアルにそれをやってみせたとき、わたしはジョウがカイルに怪我をさせた次の日にわたしに言ったことを思い出しました。『ボク、死んじゃうんじゃないかって思ったんだ』と言ったことを。わたしはそのときは、怪我をしたカイルの出血があまりにひどかったために、ジョウの頭の中ではカイルが死んでしまうのではないかと思ったのだと解釈しました。でも、本当は自分が死ぬほど苦しい思いをしたのだとわたしに訴えたかったのではなかったのかと気がついたのです」

胸の奥にこびりついていた不安を一緒に吐き出すように、舞子は大きく溜め息を吐きローラを見つめた。彼女のその目は、ローラを責めるものではなく、母として息子の心を理解出来なかった自責の念で涙に濡れていた。

「歴史は繰り返すと言います」

可奈が静かに言った。

「母親の夢に縛り付けられ、怪我をすることによって人生の夢と希望が壊されたミセス・ベイカーが、二十年前に故意でお母様を車で轢いたのかは定かではありません。でも、その彼女をあなたのお母様は庇われることを選んだ。そして今、あなたも同じことをしているのではないですか?」

そこで言葉を切り、可奈がローラをじっと見つめた。

「あの夜、サラを殺害したのはカイルですね」

可奈がついに核心を突いた。舞子の身体から力が抜ける。この二週間、舞子の心の中にあった氷のかけらが、静かに溶けていく。

すでにその質問を予測していたように、ローラは落ち着いた表情のまま可奈を見つめ返し、無言で頷いた。

「大晦日の夜……」

　やや掠れた声で、ローラが事件の夜を思い出すようにゆっくりと告白を始めた。

「花火の中継が終わり、わたしもそろそろ休もうかというときに、ふと子供たちのことが気になり、寝る前にもう一度彼らの部屋を見ておこうと思ったのです。あの夜は珍しく大雪で、子供たちはかなり興奮していましたから、わたしが部屋へ連れて行ったあとも、眠らないで外を眺めたりしていて、窓を開けたまま眠ってしまってはいないだろうかと心配になり、最初にカイルの部屋へ行きました。カイルの部屋は明かりが消えていて、そこにあの子の姿はありませんでした。ああ、またサラの部屋へ行って、雪を見たり、二人で話をしたりしているうちに、サラの部屋で眠ってしまったのだなと思いました。それで、次にサラの部屋へ行くと、明かりの点いたままのサラの部屋の真ん中で、サラの枕を抱きしめたカイルが座り込んでいました。カイルはわたしが部屋に入ってきたのに気がつくと、虚ろな目で、サラが嘘を吐いたからお仕置きをしたのだと言いました。一緒に飛行機に乗って、シカゴに行く約束をしたのにそれを破ったのだと。ベッドを見ると、仰向けになったサラがもうすでに息絶えていました。カイルが抱きしめていた枕を取り上げると、カイルははっとしたように、サラが、サラが動かなくなったと言って、そのまま気を失ってしまったのです。彼の額に触ると凄い熱でした。わたしはサラをそこへ残して、カイルを部屋へ抱いて連れて行き、ベッドの上に寝かせ、アイコの部屋へ行きました。サラが死んでいることを伝えるためです。でもアイコはなかなか起きてはきませんでした。彼女は麻酔作用のある鎮痛剤を常用していて、その夜も頭痛がすると言い、その薬を飲んで眠ってしまったために、起きられなかったのだと思います。彼女を待っている間に、わたしの気持ちは揺れました。カイルがサラを過って殺してしまったことを伝えていいものかどうか迷ったのです。しかし、アイコが起きてくる気配がないので、彼女の部屋の前から立ち去ろうとしたとき、ようやく彼女の扉が開かれて、不機嫌な顔をしたアイコが出てきて、何の用かと尋ねました。わたしはサラのことは言わずにカイルが熱を出していると告げました。彼女の機嫌はさらに悪くなり、そんなことで起こすな、薬を飲ませて寝かせてくれと言い捨てて、部屋の扉を閉めたのです。そのとき、わたしは彼女に対して、憤りを感じたのです。カイルに対して何一つ母親らしいことが出来ない彼女に怒りを覚えました」

ローラの話を、舞子と可奈が無言で聞いているのを確認してから彼女は先を続けた。

「その後のことは先ほどあなたが仰ったことそのままです。失禁して無残な姿で死んでいるサラが哀れで、下着とパジャマを着替えさせ、サラをガレージに運びました。そのときのわたしの頭の中には、カイルを守ることしかありませんでしたから、カイルが届かない位置にあるカードキーを使ってしか開けることの出来ないガレージが一番に思いついたのです。容疑がカイルにかかりさえしなければ、誰が疑われてもよかったのです。でもそのときは、多分アイコが疑われればよいと思っていたのかもしれません。それまでに彼女が二人の子供にしてきた仕打ちを思うと、彼女がどうしても許せませんでした」

「存在自体を無視されてきたカイルと、歪んだ執着で虐待を受けてきたサラ……どちらも親として許されることではありませんね」

可奈が言うと、ローラは涙を浮かべた目で彼女を見つめ頷いた。

「サラの遺体がガレージで発見されてから、アイコはサラの汚れた下着を脱衣籠の中から見つけて、自分が薬を飲んだ朦朧とした頭で、おねしょをしてしまったサラを虐待し、過って殺してしまったのではないかと思っていたようです。そして、それを知ったスティーブがジョシュアに罪を着せるために、ガレージにサラの遺体を運んだのだと思っていたようでした。彼女は自分のその結論に怯え、すぐに一人でシアトルへ戻っていきました。彼女はサラを死なせた罪の意識の他に、スティーブに借りを作ってしまったことで、今度は逆に彼に脅迫されることと、下手をすると今の生活を全て失ってしまうかもしれないことを恐れたのです。このときにもやはりカイルのことをまったく気に留めない彼女を見て、わたしはこのまま彼女がサラを殺したと信じ込み、強迫の念に取りつかれてもいいと思いました。これからはわたしがカイルを守ろうと心に決めたのです」

背筋をピンと伸ばしたローラの目がまっすぐに舞子に向けられた。

「そのせいでスティーブが意味のない殺人を犯しジョシュアを死なせても、ミセス・ベイカーが犯してもいない殺人の罪で逮捕されることになっても、その気持ちは変わらないわけですか？」

ローラの話を聞き終えた可奈が、おもむろに尋ねた。ローラの目に困惑の色が広がり、涙が一筋頬を伝った。

「一体わたしにどうしろと仰るのですか？　あなたは、わたしがどうすればよかったのだと思うのですか？　まだ幼いカイルを警察の手に渡して、事件を嗅ぎつけたメディアの前に晒すことなんてわたしには出来ません」

困惑と憤りの混じった目で可奈を見据えたローラの声は震えていた。

「ローラ……」

舞子がゆっくりと立ち上がり、ローラの隣に腰掛けて優しく言った。

「あなたがここで言ったことは、今はわたしと彼女しか知りません。でも、警察はいつか真実に辿り着くでしょう。それでも、あなたがカイルを守ると決めたのならばそれを貫き通してください。サラの死の真実が公になって、メディアの目に晒されることになっても、あなたが彼を守ってあげてください。彼はまだ七歳です。法的に罪を問われることはありません。ただ、カイルの心は傷ついています。そしてこれからもっと傷つくことが起こることでしょう。」

ローラには、スティーブのように権威も財力もない。表沙汰になったとき、彼女は身一つで戦わなければならないだろう。

「でもね、わたしは思うの。カイルの心はまだ砕けてしまったわけではない。誰かが心から彼に愛情を注ぎ、守り続けることで、彼の心の傷は癒されて、いつか治るときがくると思うんです。カイルはまだ小さいわ。だから、今ならまだ間に合うと思うの。あなたのお母様がミセス・ベイカーを庇ったときには彼女の心はもう修復出来ないところまで壊れていたかもしれないけれど、カイルはまだきっと大丈夫。カイルの傷ついた心を救えるのは、保護観察でもカウンセリングでもなく、無条件で彼を受け入れ、愛情を注ぎ続けることの出来る強い心だと思うの。本当の母親でなくても、あなたにならそれが出来るとわたしは信じています」

　舞子の言葉を聞きながら、ローラは涙で濡れた顔を両手で覆い、何度も頷いた。

　そんなローラから目を逸らし、可奈が窓の外を見ると、また雪がちらつき始めていた。すっかり暗くなった空をバックに、白い花びらのように静かに舞っている。

「ミセス・ライカー」

　窓の外へ目をやる舞子に、ローラが静かに声をかけた。

「はい？」

「あなたにカウンセリングをお願いしてよかった。あなたを必要としていたのは、本当はわたしのほうだったのかもしれません」

　――そんなことは、ない。

　そう答えようとしたとき、息子のジョウの明るい声がした。

「ねえ、ママ、雪が降ってるよ！」

エピローグ

肌を突き刺す冷たい風が幾分か和らぎ、陰鬱に厚く空を覆っていた雲の切れ間から蒼い空が顔を覗かせはじめ、シアトルにもようやく春の気配が訪れていた。

花期の早い寒桜は薄紅色の蕾を膨らませ、舗道に植えられたラッパズイセンは黄色い花を咲かせ、長い冬のモノクロームの景色に色をつけ始めていた。明るくなったダウンタウンを歩く人の足取りも心なしか弾んでいるように感じられた。

ローラの告白を聞いてから既に一ヶ月が経ったある日、舞子は一人でダウンタウンの可奈のコンドミニアムを訪ねていた。可奈は突然現れた舞子を見ても驚きもせずに、リビングに彼女を通して、花柄のついたミルクグラスのカップにコーヒーを入れて持ってきた。可奈にしては珍しいことである。

「元気そうね。ジョウとケビンはどうしてる?」

コーヒーカップを手にカーペットの床に座った可奈が、カウチに腰掛けていた舞子を見上げて言った。

「みんな元気よ。ケビンは先週やっとウェブリングの事件をFBIと合同で担当することになって相変わらず忙しくしているわ。スティーブを公訴にまで持っていくにはまだかなりの時間がかかりそうよ。ジョシュア殺害に関しても、彼は財産を注ぎ込んで有能弁護士のドリームチームを結成したらしいから、マーカスや検察側は苦労すると思うわ。それから、サラが殺された後、キング署の特別犯罪課に匿名で児童ポルノリングのリストをシアトルから投函していたのはアイコだったということが分かったらしいわ。彼女はサラを殺したのが自分だと思い込んで、スティーブがそれをネタに脅してくることを恐れて、ジョシュアと共謀して彼を陥れる計画をしていたそうよ。それにスティーブが勘づいて、ジョシュアを殺害したというのが警察の予想らしいわ。もしあのとき、わたしが別荘に行っていなかったら、彼は心中にでも見せかけて彼女も殺していたかもしれないって、マーカスが言っていたそうよ」

舞子がケビンから聞いていることを可奈に告げた。


「それで彼女は今どうしているの？」

「彼女はサラ殺害に関しては証拠不十分ということで不起訴だけれど、虐待をしていた件でCPS（児童保護課）の調査を受けているわ。それと、スティーブの証言で二十年前の轢き逃げの事件がまた再捜査されることになって、彼女もそのことで自宅拘束されているそうよ」

「サラ殺害は不起訴……カイルのことが警察に分かるのも時間の問題かもしれないわね」

結局あの日のことはケビンにもマーカスにも言わずに、沈黙を守り通してきた二人だった。あれからひと月経ったが、警察が真相に辿り着いた様子はまるでなかった。

「カイルはうちの学校を辞めたわ。里親としてローラが彼を引き取って、スノクォールミーの小学校へ転校させることにしたらしいの。ジョウがもうカイルに会えないのかって寂しがっているわ」

そう言った舞子の顔が微かに曇った。

「里親と言っても、まったく血の繋がりがないわけではないもの。ローラなら大丈夫よ」

「えっ？　今何て言ったの？　血の繋がりがないわけじゃないって、どういうこと？」

突然可奈の口から出た言葉に舞子は耳を疑い、ショックを顕わに訊き返した。可奈が目を細めて、知らなかったの？　という顔をした。

「あのとき、歴史は繰り返すって言ったでしょう？　そういうことよ。ローラの実の親はアイコの両親よ。父親が海軍の任務で海外にいることのほうが多かった彼女の母親は、子供を二人抱えて困っていた。友人だったローラの両親には子供が出来なかったことから、上の娘のローラを養子にもらったのよ。アイコはそのときはまだ産まれたばかりの赤ちゃんで、当時六歳だったローラしかそのことを知らないわ。ローラの育ての母親がローラを引き取ったように、今度はローラがカイルを育てることになったのよ」

驚く舞子を面白そうに見ながら可奈が平然と言った。どこで調べてくるのか、可奈の情報収集能力にはいつも驚かされる舞子である。

「ローラとアイコが姉妹……。だから、ジョシュアは夜中にローラがかけた電話をアイコからだと信じたのね」

ローラと愛子の顔は似ていると思ったことはなかったが、言われてみると確かに声がそっくりだったと舞子はローラと愛子のことを思い出していた。可奈は「きっとそうでしょうね」と別に感心したふうもなく答えた。

そのとき、可奈の電話が鳴り、それに出るべく奥の部屋へ消えていった可奈の後ろ姿の先にある壁に、一枚の油絵が飾ってあるのが見えた。

バレエのレオタードを着た少女が、後ろ向きでスカートの裾を摘まんでレヴェランス（お辞儀）のポーズをとっている。子供部屋なのか、床や棚に並べられたぬいぐるみたちがオーディエンスとなってそれを見ている、といった絵である。背筋をピンと伸ばし、スラリと伸びた片方の足を後ろに交差させてお辞儀をする少女の顔はこちら側からは見えなかった。

なんということはない絵だったが、舞子は急にサラのことを思い出した。後ろ向きの少女は笑顔だろうか、それとも泣いているのだろうか……そういえばサラはいつも笑顔だった。両親にひどい虐待を受けながら、彼女はいつもオーディエンスを意識しながら笑顔を作っていたのだろうかと、舞子は彼女の葬儀で見た、あのビデオの中のサラの笑顔が脳裏に浮かび、胸が締め付けられる思いがした。

子供の幸せは、綺麗な服でも、オモチャの数でもない。綺麗に着飾ったり、欲しがるものを何でも買い与えたり、約束された将来のために色々な習い事をさせることだけが、愛情とは言えないのである。さらにそれが自己満足のために、嫌がる子供に無理をさせているというのなら、それは愛情でも何でもない。

子供は親の所有物ではないのだ。しかし、それを普通だと思っている親は、どのくらいいるのだろう。そしてその中に、子供たちの無言の悲鳴、心の砕ける音が聞こえている親は何人いるのだろうか。そういう親を持った彼らは、どういう大人になるのだろうか。舞子は壁に掛けられた絵を見ながら、ぼんやりとそんなことを考えていた。

「そんなことも知らないで、あなた何年アメリカにいるのっ！」

突然響いた可奈の声に、ぼんやりしていた舞子はうっかり手に持っていたコーヒーカップを落としそうになった。

「壊れ物を送るときにはね、フラジャイル、F-R-A-G-I-L-Eって書くのよっ。壊れやすいとか、儚《はかな》いとか、脆いっていう意味！」

また可奈を怒らせる電話のようだった。法廷通訳を務める可奈には、何故かこの手の英語が分からないという電話がよく掛かり、そのたびに可奈の怒りが爆発する。舞子は奥の部屋から聞こえる可奈の怒声を聞きながらくすくすと笑った。

「舞子、今そのカップ落としそうになったでしょう？　アンティークショップで、すっごく高かったんだから、気をつけてよね」

いつの間にか電話を切った可奈がリビングに戻り、不機嫌な顔で舞子を見下ろしていた。可奈にそう言われて、舞子が手に持ったカップに目をやると、確かに古いものらしく、よく見ると、小さな傷がいくつもついていた。

子供の心も、このミルクグラスのカップのようなものだと舞子は思った。ちょっとした不注意で傷つき、乱暴に扱えば割れて砕けてしまう。しかし、傷ついたとしても、大切に扱えばいつまでもこうして、美しい形を保っていられるのである。舞子はカイルのことを思いながら、その白いコーヒーカップを両手で包み込むようにして、残りのコーヒーをゆっくりと飲み干した。

この物語はフィクションです。登場する人物・団体・場所等は
架空であり、実在のものとは一切関係ありません。

FRAGILE《フラジャイル》

2009年 6月11日 1刷発行

著 者 ミホ・ライト
発行者 南雲一範
装 丁 奥定泰之
製本所 図書印刷株式会社
発行所 株式会社南雲堂
〒162-0801 東京都新宿区山吹町 361
TEL 03-3268-2384 FAX 03-3260-5425
E-mail nanundo@post.email.ne.jp
URL www.nanun-do.co.jp

Printed in Japan <1-483>
ISBN 978-4-523-26483-5 C0093

カバー写真
©B. Bird/zefa/Corbis /amanaimages
アフロ